茶經

下册

說茶卷

北京聯合出版公司

目錄

茶經 下冊 目錄

目錄

說茶

茶與中國文化

茶是中國人的國飲是中國人日常生活中不可缺少的一部分飲茶習慣在中國人身上根深蒂固已有上千年歷史早在原始社會的神農時代中國的先民就已經發現和認識了茶在「神農本草經」裏就有「神農嘗百草日遇七十二毒得茶而解之」的記載傳說神農氏在用鼎鑊煮水之時恰好有幾片葉子飄到了水中煮好的水呈微黄色味道苦澀而帶甘甜入口後生津解渴提神醒腦神農氏根據以往嘗百草的經驗就認爲這是一種藥因此茶在古代一直被當作藥材使用而非一種日常的飲品

在秦漢之前茶的作用只限於藥用到了三國兩晋時期在一

些宫廷與望族之間才開始把茶作爲一種日常的飲品「三國志吴書」中記載「孫皓每饗宴無不竟日坐席無能否率以七升爲限曜素飲酒不過二升初見禮異時常爲裁減或密賜茶荈以當酒」這表明三國後期至少在東吴上層社會中飲茶已開始流行到隋朝時期飲茶開始出現在一些社交的場合演變爲一種社交的飲品不過這種社交飲茶的流行還僅限於上層社會直到唐朝飲茶才從上層社會走向普通人家茶作爲一種飲品在社會各階層普及開來

從三國兩晋到隋唐伴隨着飲茶行爲的流行中國茶文隨之而生在這一時期佛教由西方傳入本土的儒道兩教進一步傳播和發展這三教長期的傳播中也和茶文化緊密地融合起來孕育出中國獨特的融合了儒釋道三家思想的茶文化

說茶

茶與中國文化

茶是中國人的國飲是中國人日常生活中不可缺少的一部分飲茶習慣在中國人身上根深蒂固已有上千年歷史早在原始社會的神農時代中國的先民就已經發現和認識了茶在「神農本草經」裏就有「神農嘗百草日遇七十二毒得茶而解之」的記載傳說神農氏在用鼎鑊煮水之時恰好有幾片葉子飄到了鼎中煮好的水呈微黃色味道苦澀而帶甘甜入口後生津解渴提神醒腦神農氏根據以往嘗百草的經驗認為這是一種藥因此茶在古代一直被當作藥材使用而非一種日常的飲品

在秦漢之前茶的作用只限於藥用到了三國兩晉時期在一些宮廷與民眾之間開始把茶作為一種日常的飲品「三國志吳書」中記載孫皓每年饗宴無不竟日坐席無能否率以七升為限韋曜素飲酒不過二升初見禮異時常為裁減或密賜茶荈以當酒這表明三國後期至少在東吳上層社會中飲茶已開始流行到了隋朝時期飲茶開始出現在一些社交的場合演變為一種社交的飲品不過這種社交飲茶的流行還僅限於上層社會直到唐朝飲茶才從上層社會走向普通人家茶作為一種飲品在社會各階層普及開來

從三國兩晉到隋唐伴隨著飲茶行為的流行中國茶文化隨之而生在這一時期佛教由西方傳入本土的儒道兩教進一步傳播和發展這三教長期的傳播中也和茶文化緊密地融合在一起來孕育出中國獨特的融合了儒釋道三家思想的茶文化

茶與儒家的中庸之道

茶文化體現出深厚的儒家思想內涵

在「茶經一之源」中陸羽開宗明義地說「茶之爲用味至寒爲飲最宜精行儉德之人」這表明茶代表了簡樸廉潔的美德非簡樸廉潔之人不能與之相陪在古代廉潔簡樸的官員是倍受百姓稱讚的作爲一個普通人廉潔簡樸也是一種美德

茶文化還體現出了中庸和諧的儒家精髓茶聖陸羽在「茶經」中寫風爐時說「風爐以銅鐵鑄之如古鼎形厚三分緣闊九分令六分虛中」很多茶人認爲中是根據儒家經典「易經」「中」的思想設計的風爐一足上鑄有「坎上巽下離於中」的銘文坎巽離都是卦名其中坎代表水巽代表風離代表火「坎上巽下離於中」形象地勾勒出了風爐的樣子而其蘊含着深刻

的哲理風水火本來是毫不相干的甚至是對立的但是風爐將三者和諧地聚在一起風助火勢水在火上就水火既濟就能烹出美妙的香茶陸羽在講「鍑」時也說「方其耳以令正也廣其緣以務遠也長其臍以守中也」這分明是儒家思想的生動教材茶文化體現着中庸和諧的思想如無論是煮茶法點茶法還是泡茶法都講究「精華均分」

茶文化中特別講究禮也是儒家對茶文化的影響之一「禮」是孔子的重要主張他一生奔走遊說於各國爲的就是恢復周禮周禮簡單說就是「君君臣臣父父子子」實際上就是要求人與人之間的交往要遵循一定的規律不能亂來茶禮就是以茶爲媒介的人與人之間交往的規矩按照這個規矩來人們相處得就能很融洽增進感情比如客來敬茶賓主之間可以利用飲

茶先增進一下感情往下談事情就會比較順利婚禮中的茶代表了「從一而終」「堅定不移」的美好願望有利於夫妻往後白頭偕老祭祀中的茶表達了對祖先的敬仰祭祀的人們因爲共同的信仰而凝聚團結到了一起等等

儒家思想已經深深地融入了茶文化當中是其不可缺少的靈魂之一

茶與釋家的禪茶一味

在我國茶文化史上茶與佛教有着密不可分的關係許多吃茶品茶的趣話故事之中都有佛偈的蹤迹何故呢

佛教修行講究的是「戒定慧」「戒」即戒酒戒葷腥「定慧」是對坐禪修行的要求坐禪時應頭正背直不動不搖不委不倚而進入一種專注忘我的境界因而坐禪十分耗費精神損傷體

力這時候飲茶正好可以調整精氣這也是飲茶自古以來受到許多僧人大力推崇的原因僧人坐禪也稱作「禪定」必須鎮定精神排除一切雜念清心靜境方能參悟禪機飲茶可以「破睡」還具有清心寡欲養氣頤神的功能因此有「茶中有禪茶禪一味」的說法這便是僧人多好飲茶的另一個原因僧人普遍飲茶得道高僧對於飲茶更是能夠悟出自己獨到的佛法境界

如果說道家解決的是人與自然的關係問題儒家解決的是人與人關係的問題那麼佛家解決的就是人與自己關係的問題人和自己關係的問題就是去瞭解自己的內心要想瞭解自己的內心獨處幽思是必要的這時候泡上一杯茶那清甘苦幽的茶香茶味往往可以啟發人們的神思「巖棲幽事」有句話說

得好「品茶一人得神二人得趣三人得味七八人是名施茶」

佛教是外來的傳播到中國後和中國本土的儒家道家經過沖突互動之後逐漸融合表現在佛教方面就是三教合一的有中國特色的佛教禪宗逐漸成爲主流

許多佛家典籍中講述的都是禪茶一味的事例茶趣與禪機并存實在是頗有意味禪宗和其他佛教那種念經打坐嚴守清規戒律的修行方式不同它主張「教外別傳不立文字直指人心見性成佛」其實就是重視「心」通過頓悟而成佛因此禪宗也不主張念經也不主張打坐正如臨濟義玄所說「佛法無用功處祇是平常無事屙屎送尿着衣吃飯困來即臥愚人笑我智乃知焉」

禪宗常從平凡生活入手去悟道「景德傳燈錄」中記載在瑞

鹿寺中居住着一位本先禪師俗家姓鄭兒時就已出家爲僧後拜謁天台德韶禪師而得法常住溫州瑞鹿寺并且佛法精湛著有「竹林集」等本先禪師是這樣介紹寺內衆僧的生活的清晨起床洗手漱口然後吃茶吃茶完了佛前參拜做佛事午飯後歸住處小睡片刻起來後洗手漱口然後吃茶吃完茶做些雜事晚飯吃罷洗手漱口然後吃茶吃完茶做些雜事

本先禪師所說的「吃茶」看似閑適之舉實際上是極爲講究的每次吃茶前必定洗手漱口洗手漱口與吃茶已經形成一套不可分割的整體此時的「吃茶」便再也不是日常生活單純意義上的行爲活動而是成爲一種借「吃茶」參禪了悟的精神意會形式

「景德傳燈錄」還記載了子儀禪師釋道的故事一日有人問

子儀禪師「怎樣修行才算眞正的符合於道」子儀迴答說「誦經時將簾子卷得高高的睡醒後把茶水煎得濃濃的」此外「五燈會元」上也記載着一則類似的故事一位和尚向如寶禪師問禪說道「如何是和尚家風」如寶禪師迴答說「飯後三碗茶」由此不難看出吃茶確實是參禪悟道必不可少的程序本先禪師與兩位禪師的迴答可謂如出一轍

茶與道家的虛靜隱遠

道家之「道」是自然之道老子認爲「道生一一生二二生三三生萬物」因此應該「人法地地法天天法道道法自然」莊子也認爲「天地有大美」茶文化是最具自然性質的一種文化形態從一開始茶文化就和中國道家思想中的自然觀念相契合是「自然之道」的一部分茶道也就是要按照茶的「自然」

要求以「任其自然」不去違反它的自然狀態讓它的天然精華自然發散以「合於自然」茶道表演者必須眞正地以自然而然的態度與精神去合於「自然之道」讓樸素的人性與茶之本性契合達到天人合一這些都是茶文化受道家思想啟發所得到的

道家既是虛靜恬淡的又是熱愛生命熱愛生活的老子說「致虛極守靜篤萬物并作吾以觀其復夫物芸芸各復歸其根歸根曰靜是謂復命」莊子說「達生之情者不務生之所無以爲達命之情者不務命之所無奈何」因爲熱愛生命所以不會去爲了世俗或欲望而違反生命的本眞茶采集天地之靈氣吸收日月之精華受到豐壤甘露之潤澤因而具有淸靈玄幽之秉性這和道家淡泊樂生的心態是一致「武夷山茶癡」林治先生

認爲中國茶道的四諦是「和、靜、怡、眞」四字。這四個字就源自道家淡泊樂生的思想。當進行茶道這項高級的精神活動時，除了需要幽靜環境，還必須有一種虛靜的心境。當外在環境與內在心境脗合并達到高度一致時，就會進入忘我的境地，沈浸在美的精神享受和明鑒通物的「合一」狀態。

道家是隱逸的代名詞，因爲隱逸本身就具有道家自然主義的傾向。實際上，道家人物都是具有隱逸傾向的，神秘的老子只留下五千言「道德經」和騎青牛度函谷等零星事迹。飄逸的莊子寧可「曳尾於塗中」，作一個平凡快樂的老百姓，也不到楚國去高官。茶聖陸羽也是一位隱士，一生只和高僧隱士交遊，以茶爲伴，道家的隱逸情結感染了茶文化。「茶經」說「茶之爲用，味至寒，爲飲最宜精行儉德之人」。這些隱士們在生活中以茶爲伴，在發展茶道的時候，又把自己對人生的感悟注入了茶道之中。實際上，隱士輩出的魏晉時期，也正是茶道興起的關鍵時期，可以說茶道的「道」，就是道家的「道」。

茶具

茶與爲一種飲料後，與之相對的專門用物，飲茶的器具也出現了，這就是茶具。茶具是中國茶文化的重要組成部分，處處體現着中國茶文化的精神。茶具的發展也經過了漫長的形態變化。茶聖陸羽所著的「茶經四之器」中專門對飲茶器具進行了闡述，說明茶具在唐代就發展到很精細的地步。在唐代，飲茶的器具就包括風爐、交床、夾紙囊、碾、則、水方、瓢等諸多部門，到了現代，茶具的形態功能也有進一步的發展，主要有茶壺、茶船、茶盅、茶杯、杯托、聞香杯、蓋置、茶碗、蓋碗、大茶杯、同心杯、沖泡盅等。下

面就對一些主要茶具進行介紹。

茶壺

茶壺是最主要的泡茶器具，由壺蓋、壺身、壺底和圈足四部分組成。壺蓋包括孔、鈕、座、蓋等細部。壺身包括口、延嘴、流、腹、肩、把等細部。根據壺的把、蓋、底、形等細微部分的差別，壺的基本形態種類接近二百種。

茶壺有形態多種多樣，按壺把來劃分，就有側提壺、提梁壺、飛天壺、握把壺、無把壺五種。側提壺的壺把呈耳形，位置在壺嘴的對面。提梁壺的壺把處於蓋的上方，呈彩虹狀。飛天壺的壺把在壺身一側的上方，呈彩帶習舞之狀。握把壺的壺把呈圓直形，和壺身呈直角狀。無把壺其壺把省略，倒茶時手持壺身頭部。

按壺蓋來劃分，有壓蓋、嵌蓋、截蓋三種。壓蓋即蓋平壓在壺口

茶壺圖

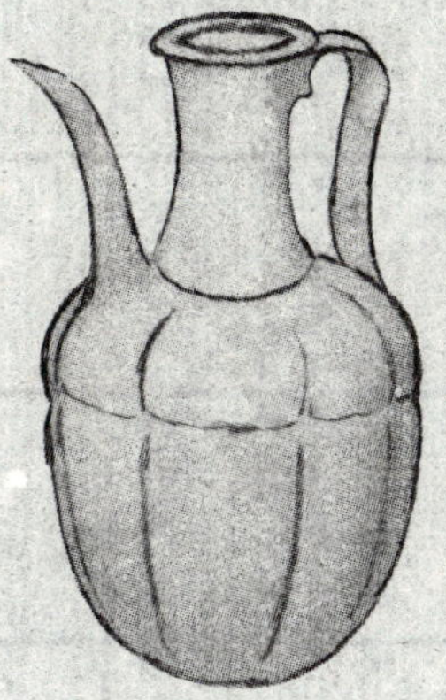
北宋 青白瓷茶壺

明 宜興窯變硃紅蕉春茶壺

清 朱石梅製壽桃錫壺

明 大彬蓮子壺

清 菱花僊子壺

清 陳曼生郭頻伽銘供石紫砂半瓢壺

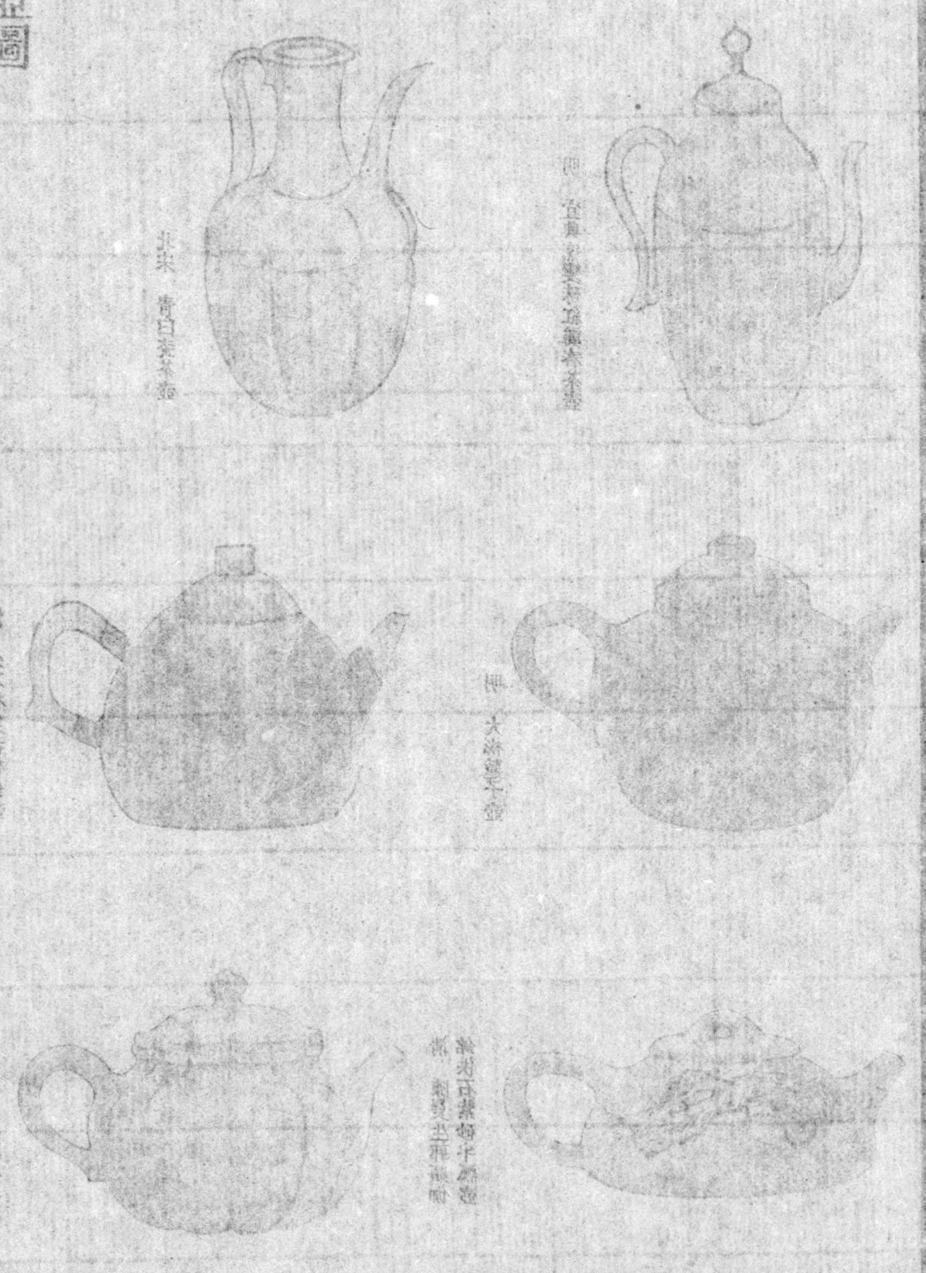

的上面壺口不外露。嵌蓋即蓋嵌到壺內、蓋沿和壺口齊平。截蓋即蓋和壺身渾然一體、祇能顯現出截縫。按底來劃分有捺底、釘足、加底三種。捺底即將壺的底心捺作內凹狀、不另外加足。釘足即在壺的底上加上三隻外突的足。加底即在壺底四週加上一圈足。按有無濾膽來劃分、有普通壺、濾壺兩種。普通壺就是各種没有濾膽的茶壺。濾壺就是在壺口安置一隻直桶形的濾膽、或者濾網、讓茶渣和茶湯分開。

按形狀來劃分、有筋紋形、幾何形、仿生形、書畫形四種。筋紋形在壺的外壁上有凹形的紋線、如同殖物中弧形葉脈狀的筋紋、稱作筋、而筋和筋之間的壁隆起、有圓澤感。幾何形就是以幾何圖形爲造型、比如正方形、圓柱形、長方形、橢圓形、菱形、球形、梯形等。仿生形、又叫作自然形、是仿照各種動殖物造型的壺、有南瓜壺、松幹壺、梅樁壺、花瓣形壺、桃子壺等。書畫形就是在制成的壺上刻鑿出文字詩句或人物畫山水畫花鳥畫等。

茶船

茶船是墊放在茶壺底部的茶具、有了它既可以增加茶具的美觀性、又可以防止茶壺因過熱而燙傷桌面。茶船有盤狀、碗狀、裌層狀三種類型。盤狀的船沿比較矮小、整體造型呈盤狀、側平視之時、茶壺形態可以完全展現出來。碗狀的船沿較高、側平視之時祇能看見茶壺的上半部。裌層狀的茶船、被制作成雙層、上層有很多排水的小孔、沖泡溢出的水可通過小孔流入下層、並且有出水口。裌層中積聚的水可以很容易地倒出。

茶船除了能起到防止茶壺將桌面燙傷、沖泡茶葉的水

濺到桌面的作用之外有的時候還用作「濕壺」「淋壺」時蓄水之用觀看葉底之用盛放茶渣和涮壺水之用還能增加美觀度選擇茶船時應當注意形狀上碗狀的要好於盤狀而有裌層的更勝於碗狀的這是因爲盤狀的茶船不能蓄盛廢水而碗狀可以但壺的下半部浸没在水中天長日久會讓茶壺的上下部分的色澤有所差别有裌層的茶船既能夠以下層蓄廢水又能夠讓上層實現茶船的各個功效非常有利於操作與和日常茶壺的保養大小上茶船的圍沿要比壺體的最寬處大一些如果是碗狀有裌層的茶船由於需要用來蓄水因此其容水量至少應爲茶壺容水量的一倍不過也不要太大要和茶壺的比例相協調造型和色彩上茶船要與茶壺的造型色澤風格相匹配起到和諧的效果

茶盅

茶盅也叫作茶海此器具是作爲盛放泡好的茶湯的分茶之用因爲它起着均匀茶湯濃度的作用因此也稱作公平杯茶盅有壺形盅無把盅簡式盅三種壺形盅就是以茶壺代替做茶盅用無把盅把壺把省略掉爲了同無把壺相區别通常把壺口向外延拉成一翻邊用來代替把手提着倒水簡式盅没有蓋在盅身拉出一個簡單的倒水口有的有把有的没有把茶盅除了起到均匀茶湯濃度的作用外還能夠起到濾渣的作用在茶盅的水孔之外加蓋一片密度高的金屬濾網就能夠將茶湯中的細茶末過濾掉

小茶杯

小茶杯是用於盛放泡好的茶湯并在飲用時使用的器

具主要有六種翻口杯杯口呈外翻的喇叭狀敞口杯杯口比杯底大也叫盞形杯直口杯杯口和杯底一般大也叫桶形杯收口杯杯口比杯底小也叫鼓形杯把杯帶有把手的茶杯蓋杯帶有蓋子的茶杯有把或者沒有把茶杯的用途就是用來飲茶的因此對其要求就是拿着不燙手飲用起來方便一般來說翻口杯和直口杯收口杯相比更容易拿取并且不易燙手

茶杯外表的色澤一般和壺相一致而內側的顏色一般采用白色的內壁這樣方便觀看茶湯的眞實色澤有的時候爲增加視覺效果也會有一些特殊的色澤如青瓷可烘托綠茶茶湯「黃中帶綠」的效果牙白色瓷可以令橘紅色的茶湯看起來更加嬌柔紫砂和黑釉等本色則不利於觀看湯色的色澤明亮度但一般飲用之時卻可使茶湯看起來更加醇厚

杯托

相傳在唐代建中年間蜀相崔寧的女兒飲茶時爲了不讓茶杯燙到手指就讓丫鬟以小碟托杯碟心以蠟揑制而成剛好將杯底的小環嵌住端拿的時候杯子不會晃動傾倒還能免於被燙後來又請人按照這個樣式做成漆器崔寧見到後非常高興稱之爲「托」從這以後杯托便流傳開來沿用到了今天

杯托爲墊於茶杯底部的器具一般有四種形狀盤形托沿低矮呈盤狀碗形托沿較高茶杯的下部爲其所包圍高腳形杯托的下面有一個圓柱腳圈形杯托的中心空出一個洞洞沿的上下都有豎邊上邊的用來固定杯底下邊的是托足

其他主茶具

茶具中茶壺茶船茶盅茶杯杯托都屬於主茶具此外還有聞

香杯、蓋置、茶碗、蓋碗、大茶杯、同心杯、沖泡盅等。

聞香杯

用以聞茶香的器具。茶湯泡好後倒入聞香杯中，之後倒入品茗杯中，即可聞嗅留在聞香杯杯底中的餘香了。

蓋置

用於放置壺蓋、盅蓋、杯蓋的器物，既可以保持蓋子的清潔，又能夠避免沾濕桌面。有托墊式和支撐式兩種。托墊式其形如盤式杯托；支撐式呈圓柱狀物，從蓋子中心點來支撐蓋子，或爲筒狀物，從蓋子的四週支撐。因爲蓋置的作用是保持壺蓋等的清潔，并防止蓋上的水灑到桌上，所以蓋置要具備集水功能。支撐式蓋置爲筒狀物，只可支撐住蓋子的中心部位，因此蓋子也應設計成具備集水功能的，令蓋上的水匯聚到中心後再滴到筒

內蓄積。高度比杯子略高爲宜，也可以用直筒杯代替。托墊式蓋置可以各種盤子或用各式茶托代替。

茶碗

爲泡茶所用的器具，或者盛放茶湯當飲用工具使用。有圓底和尖底兩種。圓底的碗底呈圓形，尖底的碗底呈圓錐形，通常稱之爲茶盞。

蓋碗

包括蓋、碗、托三個部件，可做泡飲合用的器具，或者是單用。

大茶杯

爲泡飲合用的器具，大多呈長筒形，有把或者無把，有蓋或者無蓋。

同心杯

大茶杯內有一隻濾膽可將茶渣從中分離出來。

沖泡盅

杯狀物用來沖泡茶葉盅口留有一缺口是出水口或者是杯蓋有一濾網連接有一如同活塞狀的中軸可以上下提壓既能令沖泡的茶湯均勻又能讓渣與茶湯分開。

輔助用具

泡茶飲茶時還需要一些輔助用具可以增加美感方便進行操作主要有桌布鋪在桌面并向四週下垂的飾物可用各種纖維織物制成泡茶巾鋪在個人泡茶席之上或者覆蓋在潔具乾燥後的壺杯等茶具之上通常爲棉絲織物制作而成茶盤擺置茶具用作泡茶的基底通常以竹木金屬陶瓷石等材料制作而成分爲規則形自然形排水形等多種茶巾有的用來擦洗抹拭茶具的棉織物有的作爲抹乾泡茶分茶時所濺出的水滴之用有的用作托墊壺底有的用作吸乾壺底杯底的殘水茶巾盤爲放置茶巾的用具有竹木金屬搪瓷等多種材質奉茶盤用以盛放茶杯茶碗茶具茶食等恭敬地端送到品茶者面前會顯得潔淨而高雅茶匙爲從貯茶器中取乾茶之用的工具有的也在飲用添加茶葉時作爲作攪拌之用常和茶荷搭配起來使用茶荷古時稱作茶則爲控制置茶數量的器皿有竹木陶瓷錫等材質同時也可作觀看乾茶樣和置茶分樣之用茶針從壺嘴伸入到水流中以防止茶葉將其阻塞保證出水暢通的工具用竹木等材料制成茶箸泡頭一道茶之時用以刮去壺口泡沫的器具形狀像筷子也可用於夾出茶渣在

配合泡茶之時也可用於攪拌茶湯渣匙將茶渣從泡茶器具中取出時所用的工具常和茶針相連即一端是茶針另一端是渣匙用竹木制成箸匙筒用以插放箸匙茶針等器具的有底筒狀物茶拂作為刷除茶荷上所沾茶末之用的器具計時器用以計算泡茶時間的工具可用定時鐘和電子秒錶以可計秒的為佳茶食盤用以置放茶食的器具以瓷竹金屬等材料制成茶叉用以取食茶食的工具以金屬竹木制成餐巾紙作為墊取茶食擦手抹拭杯沿之用消毒櫃作為烘乾茶具和消毒滅菌之用

相關用具

泡茶相關的用具還有備水器具備茶器盛運器泡茶席和茶室用品等

茶聖陸羽分茶器二十九种

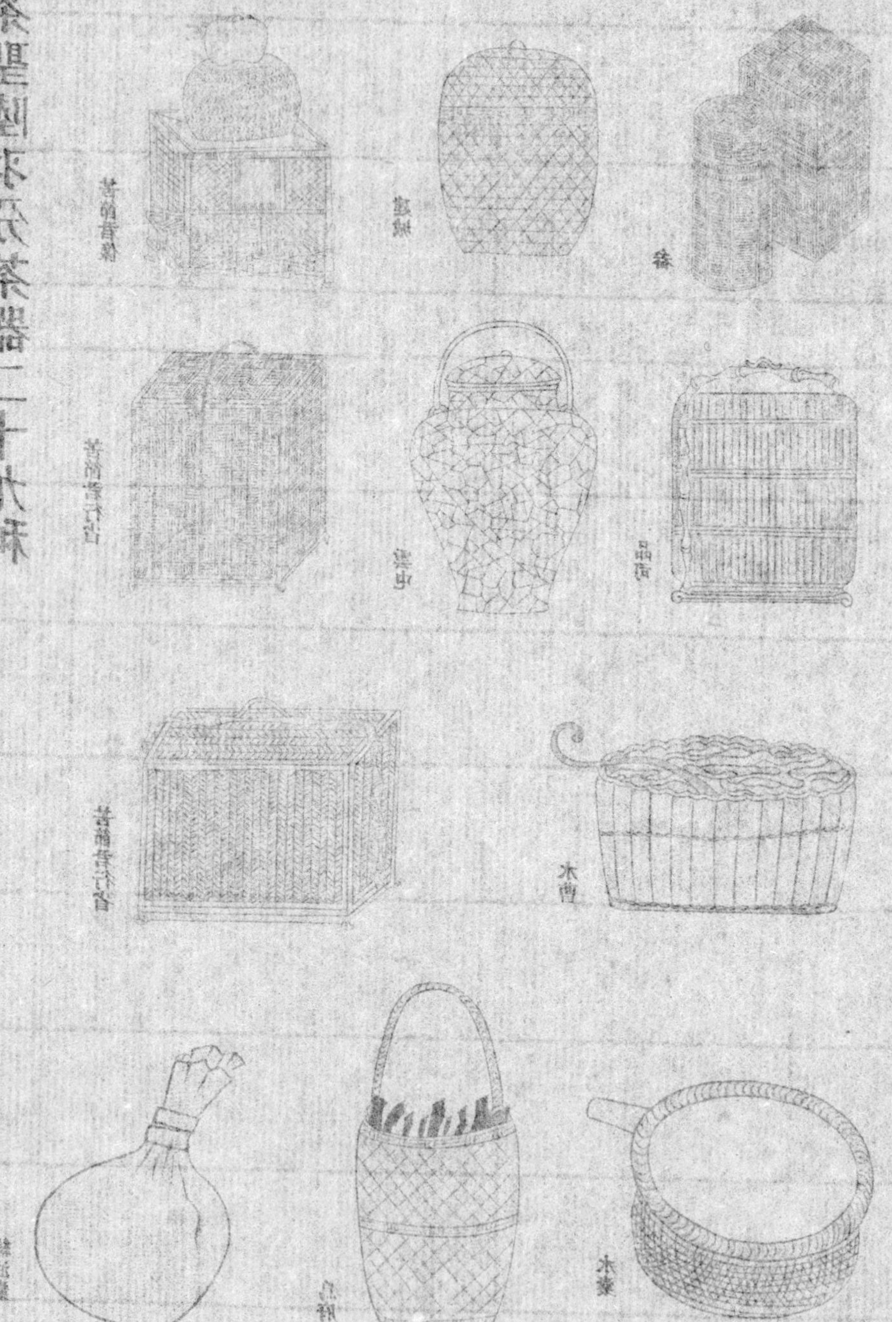

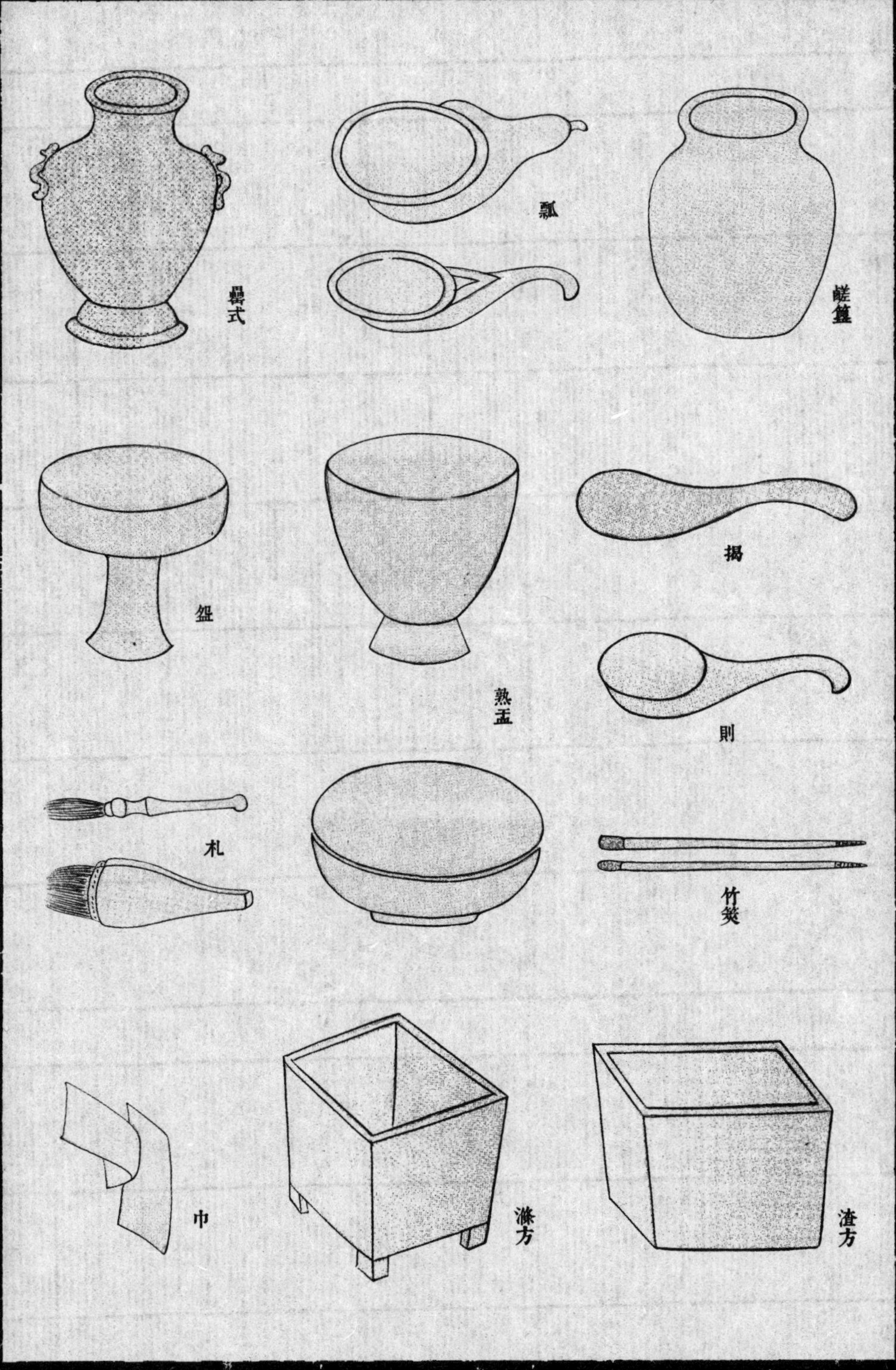
罍式
瓢
鹾簋
盌
熟盂
揭
則
札
竹筴
巾
滌方
渣方

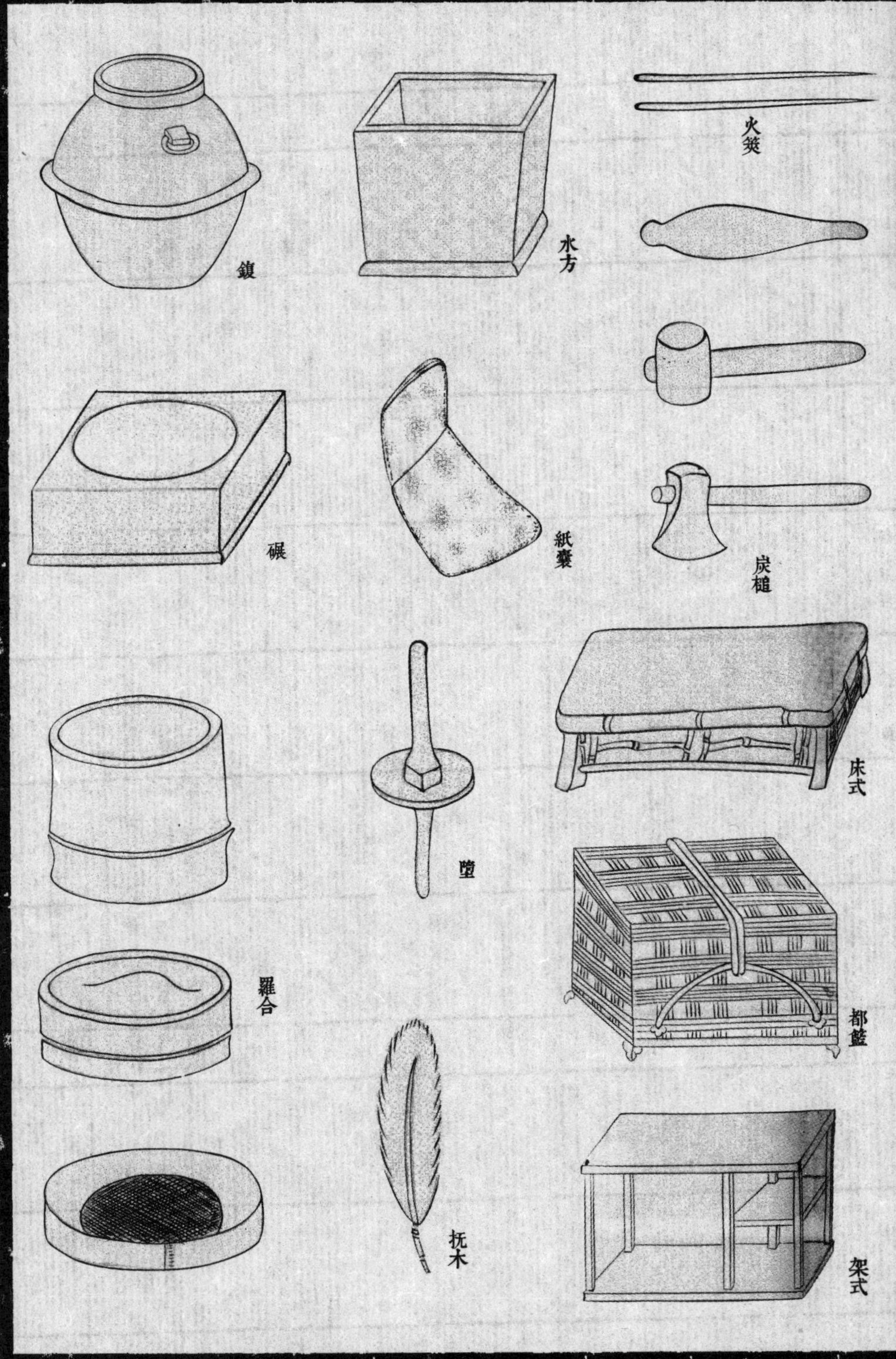
鍑
水方
火筴
碾
紙囊
炭檛
床式
墮
羅合
都籃
抚木
架式

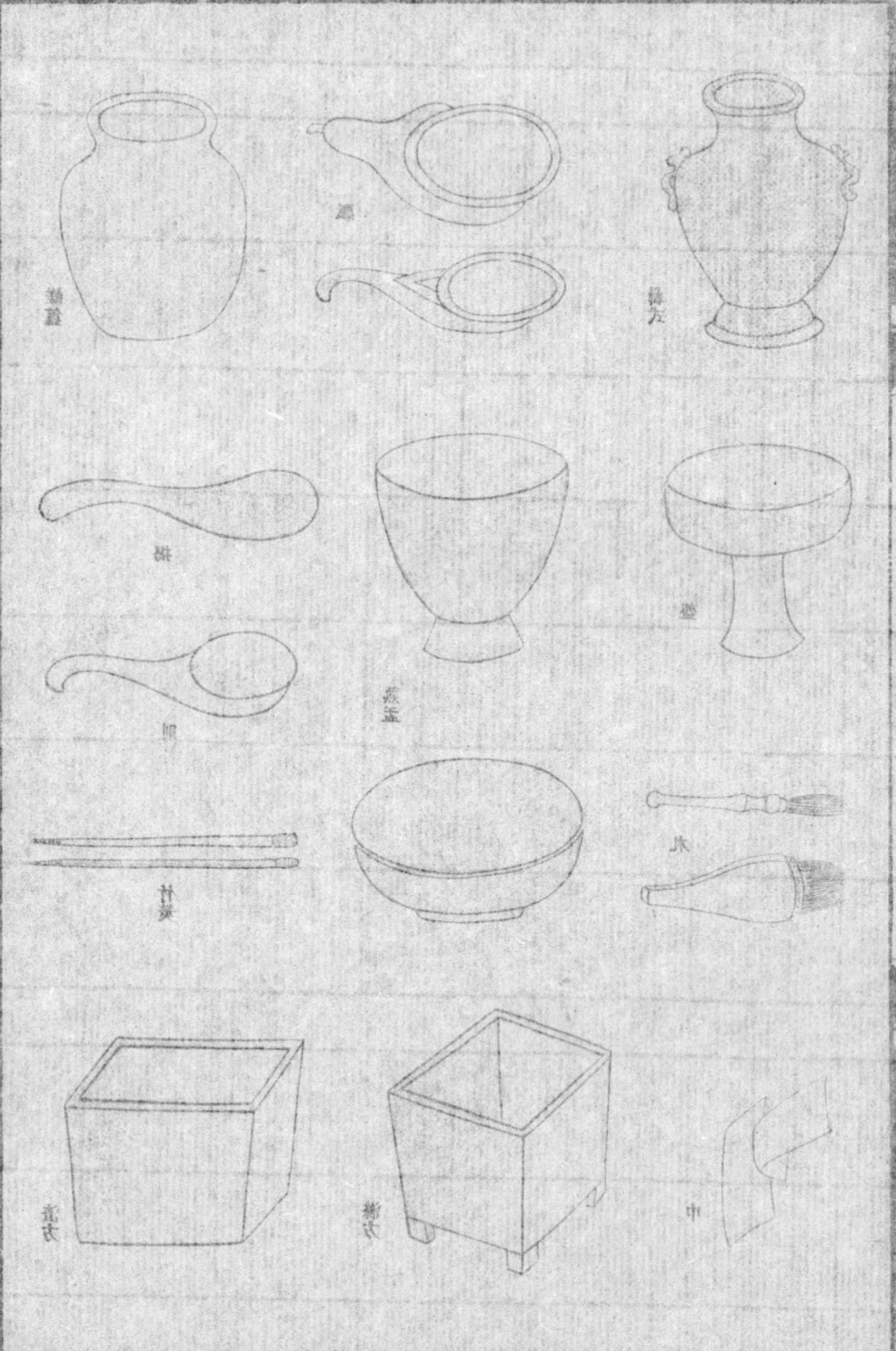

茶經

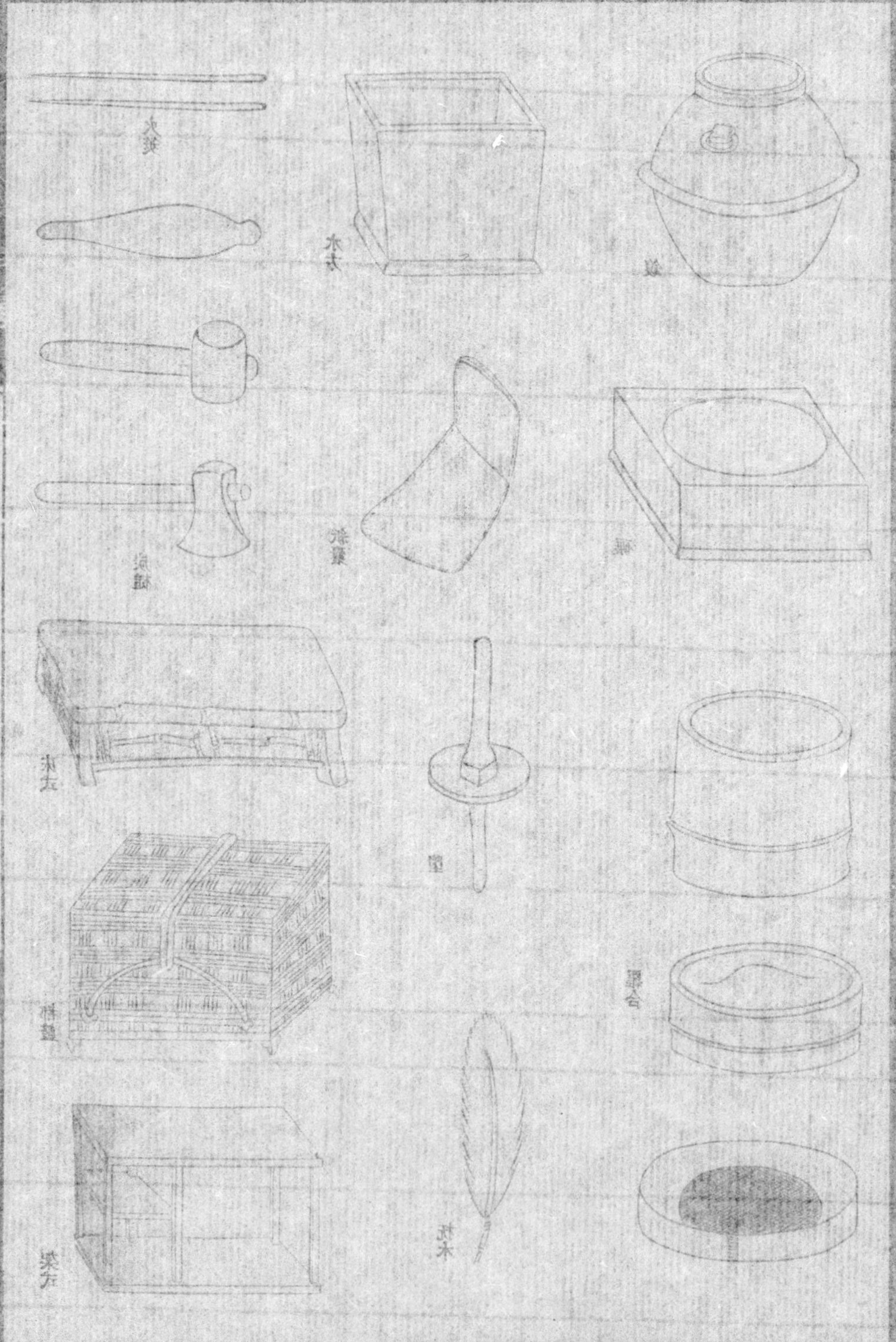

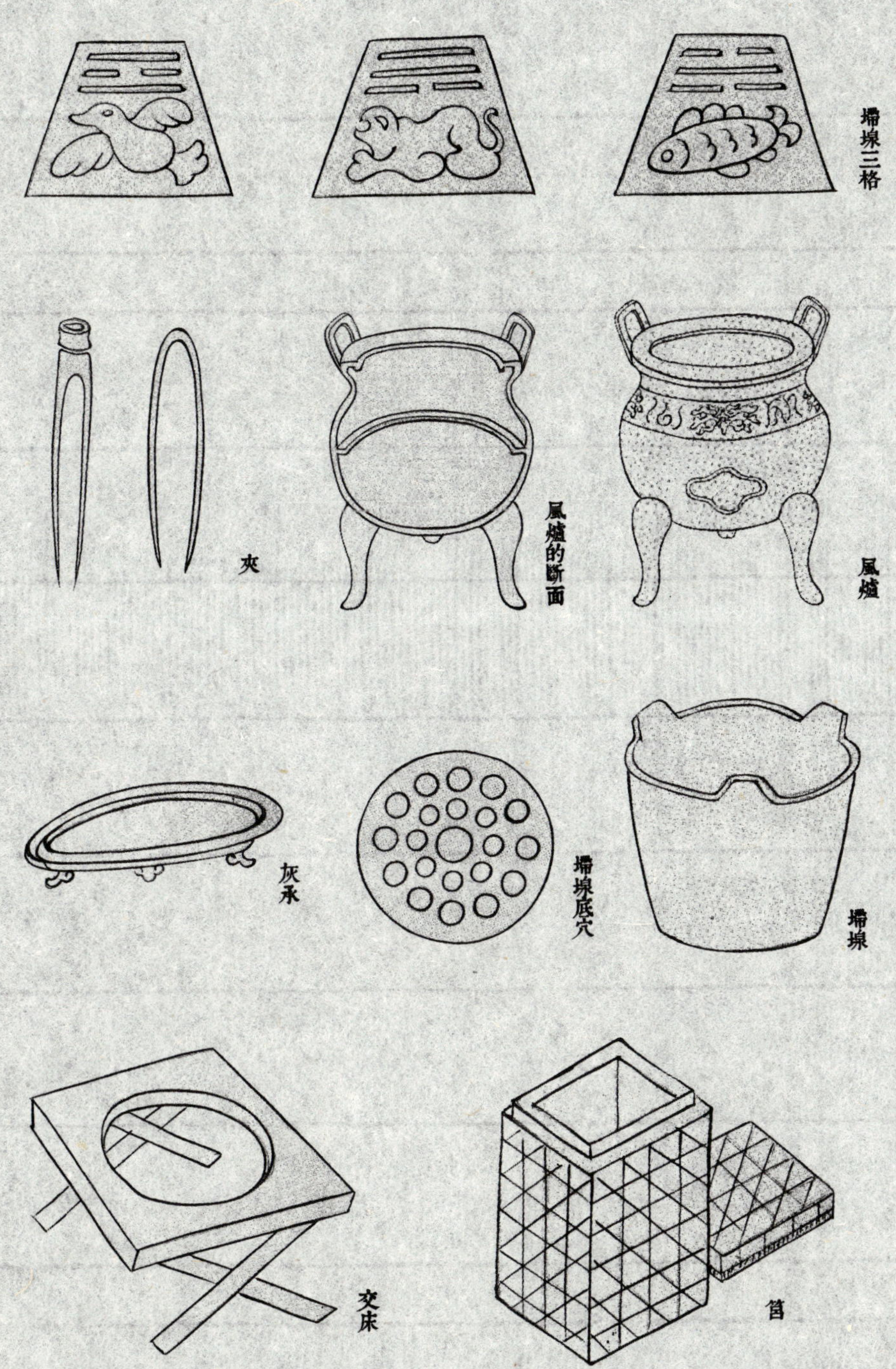

備水器包括淨水器安裝於取水管道口用來純淨水質應當按照泡茶時的用水量和水質需求來選擇合適的淨水器可配備一至數只淨水器貯水缸利用天然水源或者無淨水設備時用來貯放泡茶用水可以起到澄清和揮發氯氣的作用應當隨時注意保持清潔煮水器包括燒水壺和熱源兩個組成部分熱源主要有電爐酒精爐炭爐等保溫瓶作貯放開水之用平時居家所使用的熱水瓶即可如果是去野外郊游或進行無我茶會則需要配備旅行熱水瓶最好是不鏽鋼雙層膽的水方放置在泡茶席上用以貯放清潔的泡茶用水水注將水注入煮水器中加熱或者將開水注入壺杯中以調節沖泡水溫的用具形狀類似壺口一般比壺小而倒出的水流特別細長水盂用以盛放棄水茶渣等物也稱作「滓盂」

備茶器包括茶樣罐爲泡茶時以之盛放茶樣的容器體積

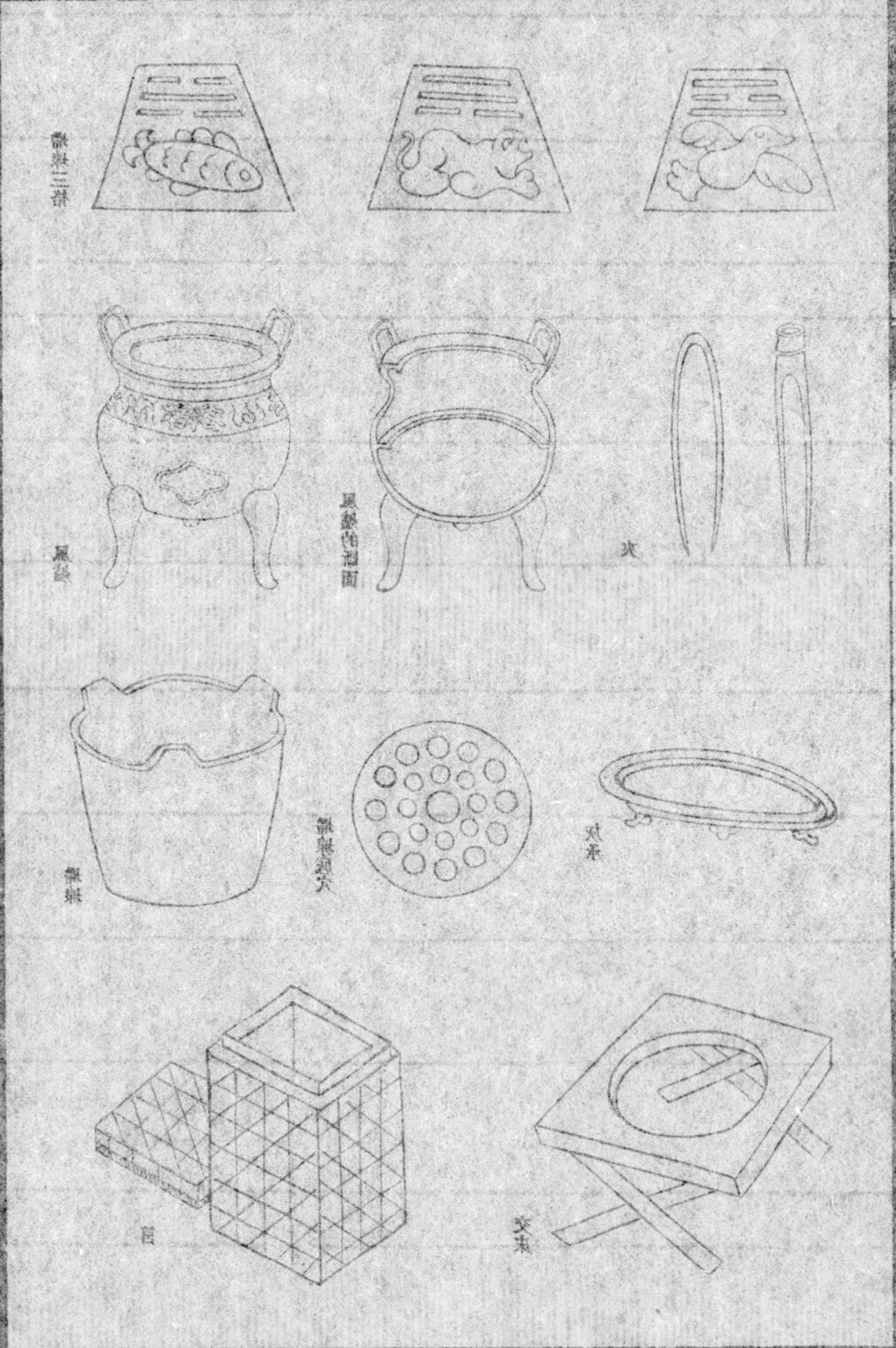

較小、可以裝三十到五十克乾茶、貯茶罐、瓶、作貯藏茶葉之用、可貯二百五十克至五百克茶、爲了密封起見、應選擇雙層蓋、或者防潮蓋、金屬或瓷質材質均可、茶奩箱、爲塗釉陶瓷容器、口小腹鼓、用以貯茶、可防潮、也可以用馬口鐵做成的雙層箱、下層用以放乾燥劑、上層用來貯茶、雙層間用有帶孔的隔板隔開、盛運器、包括提櫃、用來放置泡茶用具和茶樣罐的木櫃、門是抽屜式、裏面分格、或者安放小抽屜、可用來攜帶茶葉外出泡茶用、都籃、以竹編而成、且有蓋的提籃、以之放置泡茶用具和茶樣罐等、可以攜帶外出、泡茶提袋、爲用來攜帶泡茶用具和茶樣罐、泡茶巾坐墊等物的、多用袋、多以人造革、帆布等制成、有背帶、包壺巾、以之保護壺盅杯等的包裝布、用柔軟而厚實的織物制成、四角縫雌雄搭扣、杯套、以柔軟的織物制成套在杯外。

泡茶席用品、包括茶車、能夠移動的泡茶桌子、不泡茶的時候可以將兩側的臺面放下、擱架向對關閉、桌身就成一櫃、櫃內分格放置必備泡茶器具和用品、茶桌、用來泡茶的桌子、大約長一百五十厘米、寬六十厘米至八十厘米、茶席、用來泡茶的地面、茶凳、泡茶時所坐的凳子、高低和茶車或茶桌相配、坐墊、在炕桌上或者地上泡茶之時、用以坐跪的柔軟墊子、以六十厘米乘六十厘米的方形物或六十厘米乘四十五厘米的長方形物爲宜、可制成摺疊式、以方便攜帶。

茶室用品、包括屏風、作爲遮擋非泡茶區域或裝飾之用、茶掛、掛於牆上以營造氣氛的書畫藝術作品、花器、用以插花的瓶、簍、籃、盆等物。

茶品

陸羽在「茶經六之飲」中把茶分爲粗茶散茶末茶餅茶幾大類而「宋史食貨誌」中則寫道「茶有兩類曰片茶曰散茶」元代據鮮葉老嫩度不同分爲「芽茶」和「葉茶」到了明代已有綠茶黃茶黑茶白茶紅茶之分明末時期烏龍茶出現六大茶類基本齊全現代我們所說的茶葉也基本按此分類其中每一大類各自包含着數種至數百種茶葉外形內質都有區別

綠茶

綠茶概況

綠茶也稱不發酵茶是以適宜茶樹的新梢爲原料經過殺青揉捻乾燥等典型工藝程序制作而成的茶葉其乾茶的色澤和沖泡之後的茶湯葉底均以綠色爲主調因此得名中國的

綠茶當中名品是最多的不僅香高味長品質優異而且造型獨特具有較高的藝術欣賞價值

綠茶在我國各大茶類中產量是最大的其生產偏布各產茶省市自治區其中浙江安徽江西三省的產量是最高質量也是最優的爲我國綠茶生產的主要基地在國際市場上我國綠茶在國際綠茶貿易量中佔百分之七十以上行銷於北非西非法國美國阿富汗等五十多個國家和地區在國內市場上綠茶的銷量佔茶類銷售總量的三分之一以上同時綠茶又是生產花茶的主要原料

綠茶是歷史最悠久的茶類古時人們采集野生茶樹芽葉曬乾後收藏這在廣義上可以看作是綠茶加工的開始距今已經有三千多年然而眞正意義上的綠茶加工則始於公元八世紀

發明的蒸青制法，在十二世紀時發明并一直沿用至今的炒青制法，標幟着綠茶加工技術達到成熟階段。此法一直沿用至今并不斷完善。

綠茶保留了較多鮮葉內的天然物質，其中茶多酚咖啡鹼的保留爲鮮葉的百分之八十五以上，葉綠素的保留爲百分之五十左右，維生素的損失也很少，因而綠茶具有「清湯綠葉，滋味收斂性強」的特點。經科學研究發現，綠茶中所保留的天然物質成分具有防衰老、防癌、抗癌、殺菌、消炎等特殊效果，這是其他茶類所不能及的。

綠茶制造

加工綠茶的程序，主要是殺青、揉捻和乾燥三個工序。初制的第一道工序殺青是其中的關鍵環節。鮮葉經過殺青後，所含酶

的活性被鈍化，內含的多種化學成分基本上處於沒有酶影響的條件下，在熱力的作用下進行物理化學變化，綠茶的品質特徵從而形成。

在綠茶的品質形成過程中，殺青所起的作用具有決定性。在高溫的作用下，鮮叶中酶的特性被破壞掉，多酚類物質氧化因此被抑制，這樣就能阻止葉子紅變。在這一過程中，葉內的部分水分也被蒸發掉，因而變得柔軟，這就爲揉捻造型創造了條件。在水分蒸發的同時，鮮叶中散發青草氣的低沸點芳香物質也隨之揮發消失，茶葉香氣因而得到改善。

除了特種茶之外，這個過程都是在殺青機中進行的。能夠對殺青質量造成影響的因素有殺青溫度、投葉量、殺青機種類、時間、殺青方式等，這些因素是一個整體，互相關聯制約。

發明的蒸青制法在十二世紀時發明并一直沿用至今的炒青制法，標誌著綠茶加工技術逐漸成熟階段。此法一直沿用至今并不斷完善。

綠茶保留了較多鮮葉內的天然物質。其中茶多酚、咖啡鹼保留為鮮葉的百分之八十五以上，葉綠素的保留為百分之五十左右，維生素損失也很少，因而綠茶具有「清湯綠葉、滋味收斂性強」的特點。經科學研究發現，綠茶中所保留的天然物質成分具有防衰老、防癌、抗癌、殺菌、消炎等特殊效果，這是其他茶類所不能及的。

綠茶制造

加工綠茶的程序主要是殺青、揉捻和乾燥三個工序，初制的第一道工序殺青是其中的關鍵環節，鮮葉經過殺青後所含酶的活性被鈍化，內含的多種化學成分基本上處於沒有酶影響的條件下，在熱力的作用下進行物理化學變化，綠茶的品質特徵從而形成。

在綠茶的品質形成過程中，殺青所起的作用具有決定性。在高溫的作用下，鮮葉中酶的特性被破壞掉，多酚類物質氧化因此被抑制，這樣就能阻止葉子紅變。在這一過程中，葉內的部分水分也被蒸發掉，因而變得柔軟，這就為揉捻造型創造了條件。水分蒸發的同時，鮮葉中散發青草氣的低沸點芳香物質也隨之揮發消失，茶葉香氣因而得到改善。

除了特種茶之外，這個過程都是在殺青機中進行的。能夠對殺青質量造成影響的因素有殺青溫度、投葉量、殺青機種類、時間、殺青方式等，這些因素是一個整體，互相關聯制約。

揉捻是塑造綠茶外形的一道工序。通過外力的作用，葉片被揉破後變輕卷轉成條，體積縮小，沖泡方便，另外一部分茶汁被擠溢出來後附着在葉的表面，這對於提高茶的滋味濃度也有着重要作用。

制綠茶的揉捻工序有冷揉和熱揉兩種。所說的冷揉就是殺青後的葉子經過攤涼之後進行揉捻，熱揉就是殺青後的葉子不經過攤涼而是趁熱直接進行的揉捻。嫩葉適宜冷揉，因爲這樣可以將黃綠明亮的湯色保持於嫩綠的葉底，老葉則適宜熱揉，從而有利於條索緊結，減少碎末。

目前除了名茶仍采用手工操作的方法外，大宗綠茶的揉捻工序都采用機械來完成。

乾燥是爲了蒸發水分，同時整理外形，讓茶香充分發揮。乾燥方法分爲烘乾、炒幹和曬乾三種形式。綠茶的乾燥工序通常先經過烘乾，接着再進行炒乾。由於揉捻過的茶葉含水量仍然很高，如果直接進行炒乾，茶葉會在炒乾機的鍋內迅速結成團塊，茶汁容易黏結鍋壁。因此，茶葉先進行烘乾處理，會讓含水量降低，從而符合鍋炒的要求。

綠茶名品介紹

西湖龍井

西湖龍井得名於「淡妝濃抹總相宜」的西子湖和聖水「龍亂井」。龍井茶出產於浙江省杭州市西湖西南的龍井村周圍的山區。茶園分布在獅子峰、龍井、靈隱、五雲山、虎跑、梅家塢一帶。這一帶依江帶湖，泉溪密布，氣候溫暖，降水充沛，四季分明，環境得天獨厚。

龍井茶每年春季分四次分檔次採摘鮮葉。清明前採頭茶叫作「明前茶」。其嫩芽初綻形如蓮心，因此稱「蓮心」。每制一公斤乾茶約採摘鮮葉七萬個左右，極爲珍貴。穀雨前採摘的稱作「雨前茶」，又叫「二春茶」。此時茶柄已長出一片小葉，形狀似旗，茶芽稍長，形狀似槍，故稱「旗槍」。立夏採摘的稱「雀舌」。再過一個月以後採摘的稱「梗片」。

西湖龍井之所以享譽世界，是因爲四絕：一色絕，二香絕，三味絕，四形絕。即色澤翠綠、香氣濃鬱、甘醇爽口、形如雀舌。除按採茶時間劃分外，龍井茶按具體產地在歷史上還有「獅、龍、雲、虎、梅」等五個檔次。新中國建立後并作「獅峰龍井」、「梅塢龍井」、「西湖龍井」三個品類。西湖龍井按外形和內質的優次分作一至八級。獅峰所產爲最，以其色澤嫩黃、高香持久的特點，被譽爲「龍井之巔」。龍井村所產茶葉肥嫩，芽峰顯露，茶味較濃。梅家塢所產做工精細，色澤翠綠，形如金釘，扁平光滑，湯色碧綠，口味鮮爽。

龍井茶營養豐富，氨基酸、兒茶素、維生素等成分含量均比其他茶葉多，可起到生津止渴、提神益思、消食化膩、消炎解毒的功效。如以當地的虎跑龍泉之水沖泡，更有鮮爽味烈、綠野飄香、茶芽成朵、交錯輝映、賞心悅目之妙，素有杭州「雙絕」之譽。

西湖種茶歷史悠久，唐代陸羽所著「茶經」說：「杭州錢塘天竺、靈隱二寺產茶」。當時所產的茶稱作「白雲茶」、「香林茶」、「寶林茶」。北宋蘇軾考證過西湖種茶的歷史，認爲西湖最早的茶樹爲南朝劉宋詩人謝靈運開始種殖。茶樹的種子來自天台山。杭州盛產佳茗的記載最遲應不晚於「茶經」。明代的田藝衡在「煮泉小品」中有對龍井茶的高度評價，今

武林諸泉，惟龍亂入品，而茶亦惟龍亂山爲最。又其上爲老龍亂，寒碧倍之，其地產茶爲南北絕。」自宋代起，天竺、靈隱一帶所產的茶被列爲貢茶。淸代乾隆下江南巡幸杭州的時候，曾到龍井泉賦詩，到獅峰湖公廟飲龍井茶，并封廟前的十八棵茶樹爲「御茶。」從而龍井茶繼續作爲貢品專供皇家享用。

洞庭碧螺春

洞庭碧螺春是綠茶中的珍品，出產於江蘇省吳縣洞庭東、西山。關於洞庭碧螺春名稱的來歷，淸代陳康棋在「郎潛紀聞」中說「洞庭東山碧螺峰石壁，歲產野茶數株，上人稱曰『嚇殺人香。』康熙己卯年，車駕幸太湖，撫臣宋犖購此茶以進。上以其名不雅馴，題之曰『碧螺春。』自是地方有司，歲必採辦矣。」關於此茶名稱的來歷，除了康熙皇帝巡幸太湖時欽賜之外，也有

碧螺春在明代時就已有茶名的傳說。還有一種巧妙的解釋說取其色澤碧綠，卷曲如螺，春季採制，又採自碧螺峰，這些特點因而命名爲碧螺春。此茶有悠久的歷史，淸代康熙年間就已經成爲宮廷貢茶了。

碧螺春茶的產區洞庭東西山位於吳縣西南太湖東南部的萬頃碧波中，東山是半島，與陸地連接，西山則屹立在太湖之中的島嶼上。這一地區氣候溫和，年平均氣溫在十五點五攝氏度至十六點五攝氏度之間，降水量在一千二百毫米至一千五百毫米之間，太湖的上空雲蒸霧蔚，空氣淸新濕潤，土壤呈酸性或微酸性，土質疏鬆肥沃，確實是天然的宜茶之地。主產區包括洞庭東山的楊灣、前山的澗橋、俞塢、湖灣與後山的尙錦、屯灣等四個鄉的十八個村。東山鄉尙錦村還保留着一株古茶樹，此樹圍徑三十六厘米，樹

幅三米多高四點五米樹齡三百餘年吳縣東山鎮和西山鎮的茶農有着豐富的培育茶樹經驗將茶樹同枇杷楊梅柑橘等二十多種果樹間雜種殖以協調生態環境桃李梅白果石榴等果樹一則可爲茶樹擋風蔽雪掩映驕陽二則使茶樹和果樹的根脈相通枝葉相連茶吸果香花窨茶味這可能就是碧螺春茶具有天然花香果味獨特品質的奧妙所在吧

碧螺春的採制在每年的三月下旬到四月中旬茶芽長到一至兩厘米的時候要求採摘初展一芽一葉俗稱一旗一槍的嫩梢葉的背面密密地長着茸毛長約五百微米至七百微米肉眼可見所採的鮮葉越幼嫩制成乾茶後的白毫就越多品質就越佳嫩葉經過揀剔殺青揉捻搓團乾燥等工序處理全部都是手工操作一斤乾茶約需要六萬餘片嫩葉分爲四鍋焙炒每鍋約

用時四十五分鐘經多道工序精心制作而成的碧螺春茶成品具有緊密的外形纖細的條索嫩綠隱翠幽雅淸香鮮爽生津湯色淸澈碧綠葉底柔勻飲後迴味甘甜沖泡碧螺春時先在玻璃杯中注滿沸水稍後再將茶葉投於杯中使其徐徐下沈也可用八十攝氏度的水沖泡飲碧螺春時可在瞬息之間觀賞到杯中那種雪花飛舞芽葉舒展春滿晶宮淸香襲人的神奇韻趣那種感覺眞可謂賞心悅目妙不可言

信陽毛尖

信陽毛尖出產於河南省南部大別山區的信陽縣因其條索緊直鋒尖茸毛顯露而得名

信陽已有兩千多年的悠久產茶歷史唐代信陽就已成爲當時的著名淮南茶區的主要產茶縣之一一九三六年「重修信

陽縣誌」說「本山產茶、甚古唐地理誌謂義陽、今信陽縣、上貢品有茶。蘇東坡謂『淮南茶信陽第一。』」在淸代時信陽毛尖的獨特風格就已經定型。

信陽毛尖的茶區分布在車雲山、集雲山、天雲山、雲霧山、震雷山、連雲山、黑龍潭等處的峽谷之間。這裏地勢高峻、巒疊翠、溪流縱橫、龍潭雄關、景色壯麗。茶園大多分布在果樹園、竹園、松杉林木和瀑泉之間。這裏一年四季常常雲霧彌漫、年平均氣溫爲十五攝氏度左右、年平均降水量在一千二百毫米上下、肥沃的土壤深厚的腐殖質、爲茶樹的生長提供了充足的養分。良好的自然生態環境加上豐富的茶園管理經驗、使得這裏的茶芽長得肥壯柔嫩、從而爲制作高品質名茶提供了極佳的原料。

信陽毛尖的獨特風格還需要細採巧烘炒才能形成。採摘一般在四月中、下旬開始、分二十到二十五個批次採摘、每隔二到三天巡迴採一次。以一芽一二葉的制成特級或一級毛尖、一芽二三葉制成二三級毛尖。芽葉採下後、分級驗收、攤放分別炒制。

炒制要分生鍋和熟鍋兩次炒。炒生鍋的主要目的在於殺青并輕揉、將鮮葉投到鍋中、每次投葉七百五十克、用竹茅紮成的掃把、有節奏地進行挑動翻炒、經過三至四分鐘、葉變軟的時候、用掃把的末端掃攏葉子、在鍋中按弧形團團抖動、讓葉子初步成條。炒熟鍋就是用掃把呈弧形來迴抖動、進行緊條和理條、使茶葉的外形達到緊細直光標準。然後把茶葉攤放到焙籠上、約半小時後、再放到坑灶上進行烘焙。烘焙又有初烘、攤涼、復

烘、揀選、再復烘等步驟，乾茶含水量降至百分之五至百分之六時即密封包裝，低溫避光貯存。

信陽毛尖的成品具有細、圓、光、直、多白毫的外形，翠綠色澤，沖泡後香高持久，味道濃醇迴甘，生津，湯色明亮清澈。信陽毛尖享有盛譽，一九一五年曾在巴拿馬萬國博覽會上榮獲優質獎狀。

六安瓜片

清代道光年間「壽州誌」說「唐宋史志皆云壽州產茶，蓋以其時盛唐、霍山隸壽州，隸安豐軍也。今土人云壽州向亦產茶，名雲霧者最佳，可以消融積滯，蠲除沈疴」。盛唐縣就是現在的六安縣，可見六安茶自唐代以來就十分有名了。

六安瓜片的來歷有兩種說法。一九〇五年前後，六安茶行大

評茶師創制了一種新品，在市場上很受歡迎。金寨麻埠的茶行如法炮制，并取名「峰翅」。當地的另一家茶行在齊頭山的後沖將採迴的鮮葉剔除了梗芽，還將嫩葉、老葉分開炒制，結果制成的茶在色、香、味、形都令「峰翅」相形見絀，由於這種茶爲片狀，形似葵花子，所以稱「瓜子片」，後來演變成「瓜片」。這是第一種說法。第二種說法是，麻埠附近有個姓祝的財主和袁世凱是親戚，祝家常送袁世凱一些土特產。袁世凱好茶，但當地出產的大茶、菊花茶、毛尖等他都不滿意。一九〇五年前後，祝家爲取悅袁世凱，不惜工本，到後沖雇傭了一個有經驗的茶工精心制作，出了一種形質俱佳的新茶，得到了袁世凱的讚賞。這種茶流傳到市場上，令「峰翅」都爲之遜色。

六安瓜片出產於六安、金寨、霍山三縣相鄰的山區和低山丘

陵可分爲內山瓜片和外山瓜片兩個產區。內山瓜片的產地是金寨縣的響洪甸、鮮花嶺、龔店、六安縣的黃澗河、雙峰、龍門沖、獨山、霍山縣的諸佛庵一帶。外山瓜片的產地是六安市的石板沖、石婆店、獅子崗、駱家庵一帶。產量上六安是最多的，品質上則金寨最優。瓜片原產於齊頭山一帶，舊時屬六安管轄，現在屬於金寨縣。齊頭山出產的「齊山名片」是六安瓜片中的極品。

六安瓜片形似瓜子的單片，自然平展，葉緣微微翹起，色澤寶綠，大小勻整，不含芽尖和茶梗，清香高爽，味道鮮醇迴甘，湯色清澈透亮，葉底綠嫩鮮亮。過去按照採制時節分爲三個品種：穀雨之前提採的稱爲「提片」，品質最佳；其後採制的大宗產品稱爲「瓜片」；梅雨季節採制的鮮葉粗老，品質又次之，稱「梅片」。目前齊山名片分一至三等，內山瓜片和外山瓜片各自分四級八等。

烏龍茶

烏龍茶概況

烏龍茶是中國茶的代表，是一種半發酵的茶，透明的琥珀色茶汁是其特色。它從宋代的貢茶龍團鳳餅演變而來，其創制時間在清雍正年間，至今已有一千多年的歷史。

烏龍茶起源於福建，但其形成與發展首先要溯源於北苑茶。北苑茶是福建最早的貢茶，也是宋代以後最爲著名的茶葉。歷史上介紹北苑茶產制和煮飲的著作就有十多種。北苑是福建建甌鳳凰山周圍的地區，在唐末已產茶。據「閩通誌」載，唐末建安張廷暉雇工在鳳凰山開闢山地種茶，初爲研膏茶。宋太宗太平興國二年已產制龍鳳茶，宋眞宗以後改造小團茶，成爲名揚天下的龍團鳳餅。當時任過福建轉運吏、監督

制造貢茶的蔡襄特別稱頌北苑茶他在一〇五一年寫的「茶錄」中談到「茶味主於甘滑惟北苑鳳凰山連續諸焙所產者味佳」北苑茶重要成品屬於龍團鳳餅其採制工藝如皇甫冉送陸羽的採茶詩裏所說「遠遠上層崖布葉春風暖盈筐白日斜」要採得一筐的鮮葉要經過一天的時間葉子在筐子裏搖蕩積壓到晚上才能開始蒸制這種經過積壓的原料無意中就發生了部分紅變芽葉經酶促氧化的部分變成了紫色或褐色究其實質已屬於半發酵了也就是所謂烏龍茶的範疇因此說北苑茶是烏龍茶的前身是有一定科學根據的

在我國幾大茶類中烏龍茶是獨具鮮明特色的一個茶葉品類烏龍茶在制作上綜合了綠茶和紅茶制法的特點因而品質介於綠茶和紅茶之間既具紅茶的濃鮮味又有綠茶的清芬

宋代貢茶龍鳳團茶

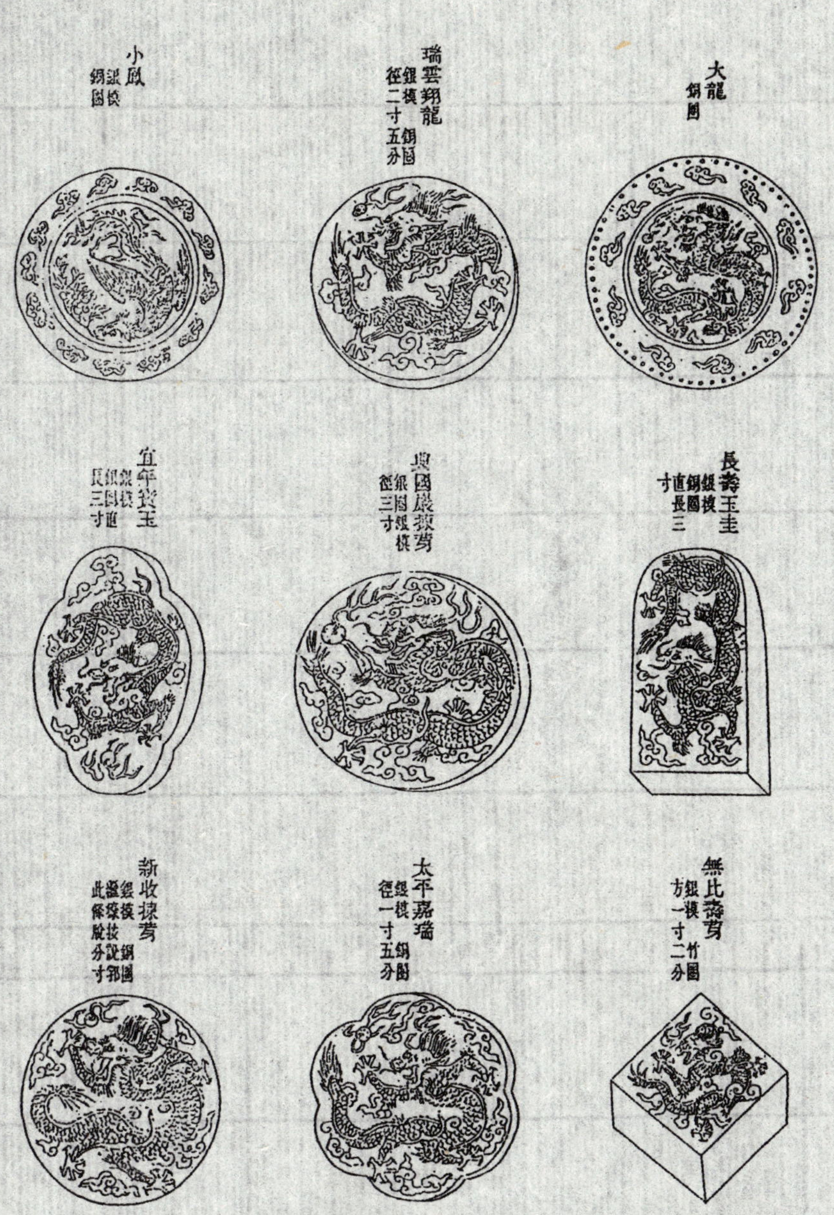

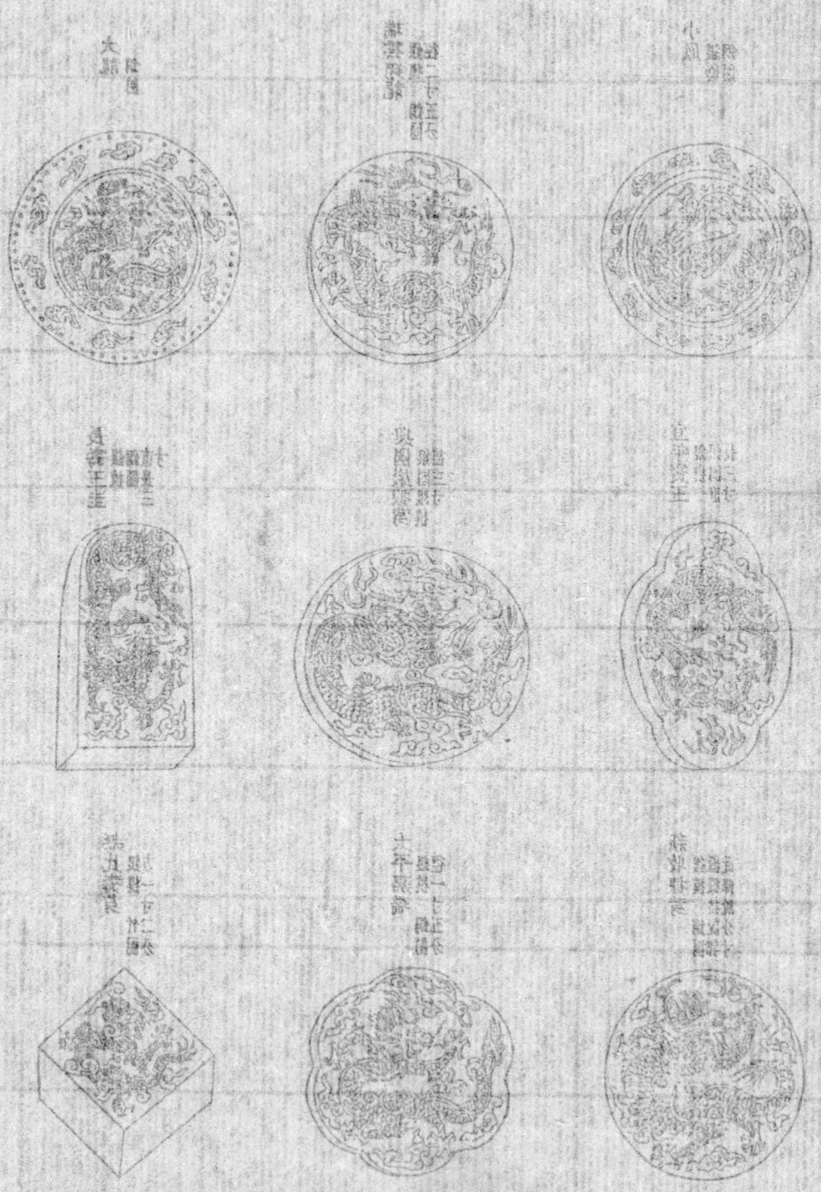

香享有「綠葉紅鑲邊」的美譽品嘗烏龍茶之後齒頰留香迴味甘鮮烏龍茶具有藥理作用其突出表現爲分解脂肪減肥健美等在日本烏龍茶被稱爲「美容茶」「健美茶」

烏龍茶制造

烏龍茶的制造工序歸納起來有五步萎凋做青炒青揉捻乾燥在這些步驟當中做青是關鍵工序是形成烏龍茶特有品質特徵并奠定烏龍茶香氣與滋味的基礎

萎凋就是烏龍茶的涼青曬青通過這個過程部分水分被散發掉葉子的韌性得到提高從而方便了後續工序的進行在失水過程的同時酶的活性得到增強而部分青草氣的散發有利於香氣透露

烏龍茶的萎凋不同於紅茶制造的萎凋具有特殊性紅茶萎凋除了失水程度大外萎凋揉捻發酵工序也是分開進行的而烏龍茶的萎凋和發酵工序卻是相互配合進行的通過萎凋使水分發生變化從而對葉片內物質的適度轉化進行控制以使發酵達到適宜的程度萎凋方法有涼青曬青烘青和人控條件萎凋四種

做青是制作烏龍茶的重要工序烏龍茶的特殊香氣和綠葉紅鑲邊的顏色就是在做青的過程中形成的將萎凋之後的茶葉放在搖青機中搖動葉片在互相碰撞中葉緣細胞被擦傷從而加速了酶促氧化作用搖動之後葉片從軟變硬再放置一段時間後氧化作用就相對減緩葉柄葉脈中的水分就慢慢地擴散到了葉片這時鮮葉又漸漸膨脹恢復彈性而變得柔軟經過這樣有規律的過程茶葉就發生了一系列生物化學反應被破

壞的葉緣細胞發生了輕度氧化，葉片的邊緣就呈現紅色。葉片的中央部分顏色從暗綠轉變成黃綠，這就是所說的「綠葉紅鑲邊」。隨着水分的蒸發和運轉，香氣滋味也得到發展。

烏龍茶的內質在做青階段就已經基本形成。炒青爲一個承上啟下的轉捩工序，如同綠茶的殺青一樣，主要是爲了抑制鮮叶中酶的活性，從而控制氧化進程，以防葉子繼續紅變，鞏固做青階段形成的品質。同時，揮發和轉化低沸點青草氣，促進馥郁茶香的形成。在濕熱的作用下，部分葉綠素被破壞掉，葉片因而變得黃綠而亮。另外，還可使一部分水分揮發掉，讓葉子變得柔軟，方便揉捻。烏龍茶的揉捻作用與綠茶相同。

烏龍茶名品

安溪鐵觀音

安溪鐵觀音是烏龍茶中的極品。其成品的色澤褐綠，沈重如鐵，氣味馥郁香濃，可與觀音菩薩淨瓶之水相媲美，因而得名。鐵觀音出產於福建省安溪縣堯陽鄉。這一地區海拔一百米至一千米，群山環抱，峰巒疊嶂，長期雲霧彌漫，屬於亞熱帶季風氣候。西北方的閩中大山是其屏障，爲其阻擋了冬季乾燥寒風的侵襲。東南臨臺灣海峽，在海洋性氣候的影響下，年均氣溫爲十五攝氏度至十八點五攝氏度，年平均無霜期有二百九十二天，年平降水量在一千七百毫米至一千九百毫米，相對濕度在百分之七十八左右。大部分土壤爲酸性紅壤，土層深厚，富含有機物。

安溪縣種殖單株選育的無性系茶樹品種鐵觀音，開始於清

濕的葉緣細胞因發生了輕度氧化葉片的邊緣就呈現紅色葉片
的中央部分顏色從暗綠轉變成黃綠這就是所說的一綠葉紅
鑲邊一隨著水分的蒸發和運轉香氣滋味也得到發展

烏龍茶的內質在做青階段就已經基本形成炒青為一個承
上啟下的轉折工序如同綠茶的殺青一樣主要是為了抑制
叶中酶的活性從而控制氧化進程以防葉子繼續紅變固做
青階段形成的品質同時揮發和轉化低沸點青草氣促進
茶香的形成在濕熱的作用下部分葉綠素被破壞掉葉片因而
變得黃綠而亮另外還可使一部分水分揮發掉讓葉子變柔
軟方便揉捻烏龍茶的揉捻作用與綠茶相同

烏龍茶名品

安溪鐵觀音

安溪鐵觀音是烏龍茶中的極品其成品的色澤褐綠沉重如
鐵氣味馥郁香濃可與觀音菩薩相媲美因而得名鐵觀
音出產於福建省安溪縣堯陽鄉這一地區海拔一百米至一千
米群山環抱峰巒疊嶂長期雲霧彌漫屬於亞熱帶季風氣候西
北方的閩中大山是其屏障為其阻擋了冬季乾燥寒風的侵襲東
南臨臺灣海峽在海洋性氣候的影響下年均氣溫為十五攝氏度
至十八點五攝氏度年平均無霜期有二百九十二天年平降水量
在一千七百毫米至一千九百毫米相對濕度在百分之七十八
右大部分土壤為酸性紅壤土層深厚富含有機物
安溪縣種植單株選育的無性系茶樹品種鐵觀音開始於清

乾隆初年、距今已有兩百多年的歷史。鐵觀音茶樹具樹冠伸展、樹枝斜生、葉子呈橢圓形、葉尖下垂、稍微有點歪、葉緣的齒疏而鈍、向背面稍微翻捲、葉面有波浪形的隆起、呈現明顯的肋骨形、葉色油光濃綠、嫩梢肥壯、略有紫紅色的特徵。用鐵觀音茶樹的鮮叶和特殊制茶工藝做成的茶、才是正宗產品。

鐵觀音茶樹萌芽期在春分前後、一般每年的採摘分四次進行、春茶在立夏時採摘、夏茶在夏至後採摘、暑茶在大暑後採摘、秋茶在白露前採摘。春茶品質最好、產量約爲年產量的百分之五十、香高味重而耐泡、夏茶葉薄而有苦味、香氣較差、產量約爲年產量的百分之二十五、暑茶比夏茶要好、秋茶的香氣高而銳、但茶味卻不如春茶濃厚。必須在茶芽形成駐芽、頂芽形成小開面的時候、及時採下二三葉、其中晴天午後茶的品質最佳。毛茶的制作有十多道工序、曬青、晾青、做青、殺青、揉捻、初焙、包揉、文火慢焙等、其中做青是關鍵、是形成色香味的步驟、毛茶經過篩分、風選、揀剔、乾燥、勻堆等精制過程後、就成了成品茶。

鐵觀音茶的品質高超、具有獨特的風韻、成品茶外形條索卷曲、圓結、肥壯、勻整、沈重、色澤油亮、而帶砂綠色、有明顯的紅點、具有蜻蜓頭、螺旋體、青蛙腿、砂綠帶白霜、湯色呈濃艷清澈的金黃色、葉底明亮肥厚、有如綢面一般的光澤、滋味甘鮮醇厚、迴味甘甜而悠長、香氣銳而濃、素有「茶中之王」、「七泡有餘香」的美名。安徽鐵觀音屬於半發酵茶、兼具紅茶的甘醇和綠茶的清香、還有蘭花的香味、獨具風格。安徽鐵觀音富含維生素、兒茶素、芳香油等、飲用可以起到清心明目、防止動脈硬化、減輕輻射傷害、降脂減肥、益壽延年的功效。

猴子採茶圖

武夷大紅袍

大紅袍因其產於福建省的武夷山所以又稱爲「武夷大紅袍」武夷山位於福建省崇安縣城南十五公里處是我國著名的風景區享有「奇秀甲於東南」的美譽這種極爲珍貴的大紅袍古茶樹生長在天心巖上它是三十六巖峰九曲溪水和古刹錯落的天然美景的中心所在根據「山誌」的相關記載全山百二十里度之是峰居其中央猶天之樞極也故曰「天心」

大紅袍古茶樹生長在永樂禪寺之西九龍窠山巖之上現僅存四株是我國巖茶中極爲難得的珍品大紅袍一直被公認爲「茶中狀元」「茶中之王」大紅袍是烏龍茶的一種關於它名字的由來民間還有一些充滿神話色彩的傳說其中一個故事是由一副對聯引起的上聯是「溪邊奇茗冠天下」下聯爲「武夷

猴子採茶圖

武夷大紅袍

大紅袍因其產於福建省的武夷山，所以又稱為「武夷大紅袍」。武夷山位於福建省崇安縣城南十五公里處，是我國著名的風景區，享有「奇秀甲於東南」的美譽。這種極為珍貴的大紅袍古茶樹生長在天心巖上，它是三十六巖峰、九曲溪水和古剎錯落的天然美景的中心所在，根據「山誌」的相關記載：全山百二十里，處之中央，猶天之樞極也，故曰「天心」。

大紅袍古茶樹生長在天心永樂禪寺之西九龍窠山巖之上，現僅存四株，是我國巖茶中極為難得的珍品。大紅袍一直被公認為「茶中狀元」「茶中之王」。大紅袍是烏龍茶的一種，關於它名字的由來民間還有一些充滿神話色彩的傳說。其中一個故事是由一副對聯引起的。上聯是「溪邊奇茗冠天下」，下聯為「武夷僊人自古栽」這株古老的茶樹生長於懸崖峭壁之上人們祇能望茶興嘆卻始終無法攀登採取一位聰明的農夫便馴養了一隻猴子當春天時茶芽剛吐嫩綠之時他便讓這只善於攀緣經過訓練的靈猴身穿紅衣登上懸崖採下青翠鮮靈的茶芽農夫將靈猴採摘來的茶葉焙出香茗味道異常鮮醇因爲此茶是紅衣靈猴採摘下來的所以命名爲「大紅袍」

武夷巖茶

武夷巖茶是產於福建省武夷山市原崇安縣武夷山區的烏龍茶的統稱武夷巖茶根據茶樹種殖地點的不同有正巖茶半巖茶和洲茶之分正巖茶是其中品質最好的於慧苑坑牛欄坑和大坑口一帶出產這「三大坑」範圍之外出產的稱半巖茶武夷山平地茶園和沿溪兩岸出產的稱洲茶

巖茶有多種品類品質各具特色採自正巖而制成的茶稱爲「正巖奇種」或「奇種」在正岸中選取優良茶樹單獨採制而成的稱作「單樅」品質猶在「奇種」之上各巖又專門選擇一兩株品質特優的茶樹單獨採制稱作「名樅」如被稱爲「四大名樅」的「大紅袍」「鐵羅漢」「白雞冠」「水金龜」等這些名樹均有獨特的名字有的以茶樹的生長環境來命名如「不見天」長在不易見到太陽處的山陰之下和「金鎖匙」生長在兩塊巨大的巖縫中間樹根和兩巖緊緊相連有的以樹的形狀來命名如「醉海棠」「鉤金龜」等有的以樹葉的形狀命名如「瓜子金」「金柳條」等有的以茶樹的發芽遲早來命名如「迎春柳」「不知春」等有的以成茶的香型來命名如「白瑞香」「石乳香」等有的以傳說的栽殖年代來命名如「正唐樹」「宋王樹」

等。這些「名樅茶葉」的產量極少成品外形內質各有特點又有動人的傳說使其成爲珍品。此外還有以無性繁殖優良茶樹品種而制成的巖茶如「水僊」「毛蟹」等則分別以這種茶樹的品種名稱作爲茶名其品質常常獨樹一幟極具特色。

目前武夷巖茶主要分爲兩大類即武夷水僊和武夷奇種。武夷水僊外形上條索肥壯而緊結勻整葉端折皺扭曲似蜻蜓的頭色澤青褐黃綠油潤而有光具有「三節色」特徵內質上香氣濃鬱清長「巖韻」顯著湯色爲深而鮮艷的金黃色滋味醇厚而迴甘葉底肥嫩而明亮紅邊綠葉。

紅茶

紅茶概況

紅茶是我國第二大茶類其出口量佔我國紅茶總產量的百

分之五十左右銷往全世界六十多個國家和地區。其中銷量最多的國家和地區是英國愛爾蘭加拿大德國荷蘭埃及蘇丹黎巴嫩敘利亞伊拉克巴基斯坦各國。

紅茶是用適宜制作紅茶的茶樹新芽嫩葉做原料經過萎凋揉捻發酵乾燥等典型工藝程序精制而成的其乾茶色澤和沖泡的茶湯呈現以紅色爲主的色調因而得名。

紅茶開始創制的時候稱爲「烏茶。」紅茶在制作過程中發生了一系列的化學反應以茶多酚酶促氧化爲中心導致了鮮叶中的化學成分發生了較大變化茶多酚減少了至少百分之九十茶黃素茶紅素等新的成分產生香氣物質的種類從鮮叶中的五十多種增加到了三百多種一部分咖啡鹼兒茶素和茶黃素絡合成滋味鮮美的絡合物。紅茶因而具有紅茶紅湯紅叶

和香甜味醇的品質特徵。

起源於十六世紀的小種紅茶。最早發現於武夷山一帶。開創了我國紅茶的紀元。一六一〇年。荷蘭商人第一次將福建省武夷山星村生產的小種紅茶。今天所稱的「正山小種」經海運銷售到了歐洲。到了十八世紀中葉。小種紅茶又演變成了功夫紅茶。自十九世紀八十年代。起我國的紅茶尤其是功夫紅茶。在國際市場上一度佔據着主導地位。

紅茶制造

我國紅茶分爲功夫紅茶。紅碎茶和小種紅茶三種。三種紅茶的制法大同小異。都包括萎凋。揉捻。發酵。乾燥四個步驟。各種紅茶都有紅湯紅葉的品質特點。其色香味的形成都是相似的化學變化過程。只不過在變化的條件。程度上有一定的差異而已。這裏就以功夫紅茶的制造爲例簡單地介紹一下紅茶的制

造過程。

萎凋是紅茶初制的第一道工序。即鮮葉通過一段時間的失水過程。讓一定硬脆的梗葉變成萎蔫凋謝狀態的過程。經過萎凋處理水分被適當地蒸發葉片變得柔軟韌性得到增強從而便於造型。另外這一過程中。茶葉的青草味隨之消失茶葉的清香味被顯露出來。這是紅茶香氣形成的重要加工階段。萎凋方法分爲自然萎凋和萎凋槽萎凋兩種。自然萎凋就是把茶葉薄攤在室內或室外陽光不太強烈的地方。擱置一定的時間。萎凋槽萎凋則是把鮮葉放置在通氣槽體中。通過流動的熱空氣。從而加速萎凋的過程。這是現代普遍採用的萎凋方法。

紅茶的揉捻和綠茶揉捻的目的相同。紅茶揉捻在於通過揉

捻過程使茶葉成形并增進茶葉的色香味濃度同時由於破壞了葉細胞茶葉就便於在酶的作用下發生必要的氧化從而促進發酵的順利進行。

發酵是制作紅茶的獨特步驟通過發酵葉子的顏色由綠變紅使紅茶紅葉紅湯的品質特點得以形成發酵的機理是通過揉捻破壞了組織細胞膜結構從而透性增大多酚類物質和氧化酶就得以充分接觸并在酶促进作用下發生氧化聚合作用其他的化學成分也相應發生着深刻變化這樣綠色的茶葉發生紅變紅茶的色香味品質得以形成目前普遍通過發酵機對溫度和時間進行控制如果發酵適度嫩葉就會色澤紅勻老葉則紅裏泛青青草氣盡去顯露熟果香。

乾燥就是把發酵好的茶坯通過高溫烘焙迅速將水分蒸發掉使乾度達到保質標準的過程這樣做的目的有三個一是通過高溫使酶的活性迅速鈍化阻止發酵的繼續進行二是蒸發水分縮小體積使外形固定保持乾度防止霉變三是將大部分低沸點青草氣味散發掉使高沸點芳香物質激化并保留從而得到紅茶特有的甜香。

紅茶名品

祁門紅茶

祁門紅茶爲我國傳統功夫紅茶中的珍品有一百多年的歷史主要產於安徽省祁門縣相鄰的石臺東至黟縣及貴池等地也有較少生產祁門紅功夫茶形狀苗秀色有「寶光」香氣濃鬱因而享譽海內外。

據記載清代光緒之前祁門就已出產優質的綠茶制法與六

安綠茶相同稱作「安綠」一八七五年余幹臣在至德縣今至東縣創辦茶莊仿照「閩紅」的制法制作紅茶一八七六年余幹臣從至德來到祁門設立茶莊擴大生產此後逐漸發展成了「祁門紅茶」

因爲祁門的自然環境優越茶葉品質非常好其制茶技藝經逐年提高使內質香氣獨樹一幟竟和當時著名的「閩紅」「寧紅」齊名「祁紅」的生產範圍擴大到祁門至德之外臨近的貴池浮梁等地

祁門功夫紅茶的條索緊實秀美鋒苗好色澤烏黑泛着「寶光」內質上香氣濃鬱高長好似蜜糖香味并有蘭花香湯色紅艷味道醇厚迴味悠長葉底嫩軟紅亮

世界公認「祁紅」與印度大吉嶺茶斯里蘭卡烏伐的季節茶爲三大高香茶把「祁紅」這種地域性香氣稱爲「祁門香」譽之爲「王子茶」「茶中英豪」「群芳最」清飲「祁紅」更能領略其特殊的香味加奶之後乳色粉紅其香味特點猶存「祁紅」獲得了國際市場高度的評價一九一五年巴拿馬萬國土產展覽會時曾榮獲金質獎

祁門的茶樹主要有八個品種即櫧葉種柳葉種栗漆種紫芽葉種遲芽種大柳葉種大葉種和早芽種其中櫧葉種佔到了百分之六十九點五柳葉種佔百分之十六點八櫧葉種爲高產優質品種爲制造祁門功夫紅茶的主要原料其所含香味成分豐富是「祁紅」滋味醇厚的物質基礎

祁門紅茶的採摘標準十分嚴格高檔茶主要是一芽二葉一般者是一芽三葉及相應嫩度的對夾葉分批多次留葉採摘春

茶採六至七批，夏茶採六批，秋茶少採或不採。

滇紅功夫

滇紅功夫茶的產地在我國雲南，作爲茶葉之路的起始地，雲南可以說是世界各地茶葉的原產地。雲南分爲滇西、滇南、滇東北三個重要茶區，而其中滇紅功夫茶主要產於滇西和滇南兩地。滇西茶區中鳳慶、雙江、雲縣、臨滄、昌寧等地是滇紅功夫茶的主產區。滇南茶區是茶業的發源地，滇南的滇紅功夫茶主要產於西雙版納的普文、景洪等地。雲南的地理環境對於茶葉的生長來說非常適宜，每年從三月初開始便可採茶，持續至十一月底。

滇紅功夫茶可謂是我國功夫紅茶的一枝新秀，屬大葉種類的功夫茶，以外形肥碩緊實、金毫顯露和香味醇厚的獨特

品質聞名於世。它的葉底紅勻嫩亮，極具特色，深受世人喜愛。此外，滇紅功夫茶最主要的品質爲茸毫顯露，它的毫色可分菊黃、淡黃、金黃等幾類。滇西雲縣、鳳慶、昌寧等地所產的功夫茶茸毫多爲菊黃色，勐海、臨滄、雙江、普文等地所產的功夫茶茸毫多爲金黃色，而在同一茶園中所採摘的不同季節的功夫茶，其茸毫顏色也有所不同。春季採制的茶葉一般茸毫呈色較淺，多爲淡黃色；夏茶茸毫顏色多爲菊黃色；衹有秋茶茸毫多爲金黃色。

滇紅功夫茶的品質具有季節性特徵，這主要與採制時期相關。通常來說，春茶要比夏茶、秋茶的品質好一些。

寧紅功夫

寧紅功夫茶全稱爲寧州功夫紅茶，簡稱「寧紅」。因其產地而

得名。寧紅功夫茶具有條索緊結，秀麗，金毫顯露，鋒苗挺拔，色澤烏潤，香味持久，葉底紅亮，滋味濃醇的特點，是紅茶中的上品。

寧紅功夫茶的主產地爲修水縣。修水縣位於江西省西北部，與湖北、湖南兩省毗鄰，北靠幕阜山脈，南面九嶺山脈，修水縣就蜿蜒於其中。這一地區地形優勢明顯，山林蒼翠，土壤肥沃，降水充沛，氣候適宜。在每年的春夏之間，雲凝於深谷之中，霧繞於山岡之上，一派雲海縹緲的景象，這種氣候環境對於茶樹的生長十分有利，給寧紅功夫茶的生長創造了得天獨厚的條件。這裏高山平地、田園阡陌，到處都有茶園分布。

寧紅功夫茶的成品可劃分爲八個等級，其中特級寧紅功夫緊細而多毫，烏黑油潤，鋒苗畢露，鮮嫩濃鬱，鮮醇爽口，柔嫩多芽，湯色紅艷，是爲最佳。

黃茶

黃茶概況

黃茶具有「黃葉黃湯」的品質特點。這種黃色因制茶過程中經過悶堆渥黃而產生。黃茶的芽葉細嫩，顯毫，有鮮醇的香味。因品種的不同，各種黃茶在茶片選擇、加工工藝上有很大的差別。比如湖南省岳陽洞庭湖君山的「君山銀針」，所選擇的皆爲肥壯的芽頭，其制作工藝十分精細，有殺青、攤放、初烘、復攤、初包、復烘、再攤放、復包、乾燥、分級等十道工序。加工之後的「君山銀針」，外表披毛，有着金黃光澤。

黃茶可以分爲黃大茶、黃小茶和黃芽茶三類。著名的品種中，安徽的霍山黃大茶、廣東的大葉青等屬於黃大茶；湖南寧鄉的溈山毛尖、湖南岳陽的北港毛尖、湖北的遠安鹿苑、浙江

的平陽黃湯等屬於黃小茶湖南岳陽的君山銀針四川名山的蒙頂黃芽安徽霍山的霍山黃芽浙江德清的莫干黃芽等屬於黃芽茶

比較有名的黃茶有君山銀針蒙頂黃芽北港毛尖鹿苑毛尖霍山黃芽潙山毛尖溫州黃湯皖西黃大茶廣東大葉青海馬宮茶等

黃茶制造

黃茶「黃葉黃湯」的品質特點主要在於其制法特點中的悶黃過程運用高溫殺青的方法破壞酶的活性濕熱作用引起多酚物質的氧化作用從而產生了一些有色物質變色程度較輕的即黃茶而程度較重的則變成了黑茶

黃茶的典型制作流程是殺青悶黃乾燥另外還有可加亦可不加的揉捻工序

通過殺青酶的活性破壞掉部分水分被蒸發青草氣也隨之散發出來所以殺青有利於香味的形成

悶黃爲黃茶類制造工藝所獨有的在黃茶黃葉黃湯品質形成過程中起着關鍵作用從殺青開始到乾燥結束的每個工序都能夠爲茶葉的黃變創造一定的濕熱工藝條件但作爲一道制茶工序有的茶在殺青之後就進行悶黃有的則在毛火之後才進行悶黃還有的悶與炒交替進行茶葉的制作品工序不同質亦不同

對悶黃產生影響的因素主要是茶葉的含水量和葉溫含水量多葉溫愈高則在濕熱條件下黃變的過程也就愈快黃茶的乾燥通常要分幾次進行溫度也要比其他茶類低一些

黃茶名品

君山銀針

君山銀針因註冊商標「君山」而得名、屬於黃茶類的針形茶。唐宋時期因其形如鳥羽、亦稱黃翎毛、白鶴翎、清代以其獨有的白色茸毛而稱作白毛尖、一九五七年才定銀針一名。

君山銀針出產於湖南省岳陽市洞庭湖君山島。君山位於西洞庭湖之中、如同一塊晶瑩的綠寶石鑲嵌在波光瀲灩的湖水之中。唐代詩人劉禹錫著有讚美洞庭湖的詩「遥看洞庭山水翠、白銀盤裏一青螺」。宅東看岳陽樓、西望洞庭、南極瀟湘、北通巫峽、是古往今來一處令人神往的地方、許多文人雅士慕名前來賦詩題詠、例如湘妃墓前的引柱之上、刻有一副「君妃二魄芳千古、山竹諸斑淚一人」的對聯、此聯爲清光緒年間名將彭玉麟所作、將「君山」二字巧妙地嵌到了上下聯之首。

這塊古老而富有傳奇色彩的土地物產富饒、最爲人們稱道的當屬君山銀針。從古至今、君山銀針以其色、香、味、奇四絶而飲譽中外。君山島總面積不足一平方公里、海拔不足八十米、卻以肥沃的土質、溫和的氣候和適宜的濕度而成爲宜茶之地。樓臺亭閣、寺觀廟宇、古墓曲徑諸多勝迹之間、茶園徧布。君山有着悠久的產茶歷史、據「巴陵縣誌」記載「巴陵君山產茶、嫩綠似蓮心。歲以充貢、盛產於唐、始貢於五代。」一物以稀爲貴、古時君山茶每年的產量衹有一斤多、直到清代還有貢尖、貢莞之分、即銀針、毛尖之分、乾隆下江南時、品過君山茶後、當即下詔歲貢十八斤。君山銀針目前也是量少價高、年產幾百公斤、每公斤高達上千元。

君山銀針具有獨特的韻味其成品芽頭茁壯挺直堅實白毫如羽芽身金黃發亮素有「金鑲玉」的美譽毫香鮮嫩的內質杏黃明淨的湯色甘醇甜爽的滋味肥厚勻亮的葉底均彰顯出君山銀針的獨特品質

君山針葉是黃茶中的世間珍品如果用玻璃杯沖泡會有一種奇美的景象以稍待落滾的沸水注入杯中芽頭即沖向水面幾分鐘後茶芽徐徐下落從橫臥漸呈懸空豎立狀往復三次沈浮起落趣稱爲「三起三落」偶爾有氣泡留於芽尖似雀喙含珠最後茶芽於杯底豎立如鮮筍萌發刀槍林立茶形和湯色交相輝映茶香四溢倩影飄然飲者目視着杯中奇觀口品着銀針鮮香這是何等賞心悅目心曠神怡的享受啊

蒙頂黃芽

蒙頂黃芽產於四川名山蒙頂山山區爲中國十大名茶之一蒙頂黃芽做工精細採用傳統炒悶結合的工藝嫩芽殺青草紙包裹置灶邊上保溫變黃讓茶青在濕熱的環境下自然發酵然後做型再包黃烘乾口感鮮醇甘爽

五十年代蒙頂茶以黃芽爲主近來多產甘露黃芽仍有生產採摘於春分時節茶樹上有百分之十的芽頭鱗片展開即可開園採摘選圓肥單芽和一芽一葉初展的芽頭經複雜制作生產成茶芽條勻整扁平挺直色澤黃潤金毫顯露湯色黃中透碧甜香鮮嫩甘醇鮮爽爲黃茶之極品

美麗的四川蒙頂山不僅盛產綠茶名品蒙頂甘露其更是黃茶極品蒙頂黃芽的故鄉蒙頂山終年蒙蒙的煙雨茫茫的雲

霧、肥沃的土壤、優越的環境，爲蒙頂黃芽的生長創造了極爲適宜的條件。

白茶與黑茶

白茶與黑茶概况

白茶、顧名思義就是茶的顏色爲白色。白茶在一般地區并不多見。白茶爲我國的特產，出產於福建省的福鼎、政和、松溪和建陽等地，此外臺灣省也有少量的生產。白茶的生產歷史距今已有兩百年之久，是由福鼎最早創制的。福鼎生有一種優良品種的茶樹福鼎大白茶，這種茶的芽葉上披滿了白茸毛，爲制茶的上好原料，最初就是用這種茶片生産出了白茶。茶的顏色之所以呈現白色，是因爲人們採摘的是細嫩、葉背多白茸毛的芽葉，加工的時候不炒不揉，用陽光曬乾或用文火烘乾，這樣茶外表的白色茸毛就被完整地保留了下來，這就是白茶呈白色的緣故。

白茶最主要的特徵是毫色銀白，具有「綠妝素裹」的美感，其芽頭肥壯，湯色黃亮，滋味鮮醇，葉底嫩勻，沖泡之後有鮮醇可口的滋味。白茶還具有藥理作用，中醫藥理認爲，白茶性清涼，能起到退熱降火的功效。白茶主要有銀針、白牡丹、貢眉、壽眉等品種。

白毫銀針是披滿了白色茸毛的芽尖，其形狀挺直如針，一般在眾多形狀的茶叶中，它是外形最優美的一個，招人喜愛。白茶的湯色淺黃、鮮醇爽口，飲用之後令人迴味無窮。

黑茶的原料相對粗老，在加工制造的過程中也需要較長的堆積發酵時間，因而葉色多呈暗褐色，故此得名。黑茶主要

爲一些少數民族飲用，其中藏族、蒙古族和維吾爾族的群眾特別喜歡飲黑茶。黑茶是他們日常生活中的必需品。在制作工藝上，黑茶的工藝也十分獨特。黑茶的產區廣闊，品種樣式繁多，如湖南黑茶加工制作而成的黑磚、花磚、茯磚，湖北老青茶加工制作而成的青磚茶，廣西的六堡茶，四川的西路邊茶，雲南的緊茶、扁茶、方茶和圓茶等。

黑茶中較爲著名的有湘尖、湖南黑茶、老青茶、四川邊茶、六堡散茶、普洱茶、黑磚茶、獲磚茶、康磚子等。

白茶與黑茶制造

白茶的乾茶表面布滿白色的茸毫，其品質特徵的形成主要在於兩點：一是採摘時選取多毫的幼嫩芽葉；二是制作時採用不炒不揉的晾曬烘乾工藝。目前白茶的種類很少，分爲芽茶和

葉茶兩種，制作工藝相對簡單。例如白毫銀針的制作工序爲：茶芽萎凋、烘焙、篩揀、復火、裝箱；白牡丹、貢眉的制作工藝爲：鮮葉萎凋、烘焙或陰乾、揀剔或篩揀、復火、裝箱。

黑茶的制造工藝主要是殺青、揉捻、渥堆、乾燥四個步驟，其中渥堆爲黑茶制造所獨有的工序，也是在黑茶品質的形成過程中起關鍵作用的工序。

由於黑茶採摘的葉子又粗又老，含水量很低，因此殺青時需要進行高溫快炒，翻動需快而勻，炒至呈暗綠色即可。

殺青葉出鍋之後，趁熱進行揉捻，從而易於塑造良好的外形。其揉捻的方法和一般紅茶、綠茶相同。

渥堆是黑茶制造的特有工序，將揉捻過的葉子堆放至篾墊上，厚度在十五厘米至二十五厘米之間，上面蓋以濕布并保持

一定的濕度和溫度、這就是渥堆工序。在渥堆進行過程中、應根據堆溫的變化適時翻動一或兩次。

至於渥堆的化學變化本質目前還沒有定論、茶學界對其認爲有酶促作用、微生物作用和濕熱作用三種說法、但一般認爲濕熱作用起了主要作用、其過程與黃茶的悶黃過程類似。

黑茶的乾燥工藝有烘焙法、曬乾法兩種、目的在於鞏固品質、防止變質。

白茶與黑茶名品

銀針白毫

銀針白毫又名白毫、簡稱銀針、其形狀似針、白毫密被、色白如銀、因此得名。銀針白毫採用單芽爲原料、按白茶的制造工藝加工而成。明代田藝衡「煮泉小品」中記載「茶者以火作爲次、生曬者爲上、亦更近自然、且斷煙火氣耳」、如果這段文字所言的是白茶、那麽白茶的確算得上是歷史悠久。

銀針白毫多產於福建福鼎、政和兩地。清嘉慶初年福鼎用菜茶的壯芽爲原料、制造出了白毫銀針。一八五七年、福鼎大白茶品種茶樹在福鼎市選育繁殖成功。於是一八八五年起改用福鼎大白茶品種茶樹的壯芽爲原料、菜茶因茶芽細小不再採用。政和縣一八八〇年選育繁殖政和大白茶品種茶樹、一八八九年開始產制銀針。

銀針白毫成品茶長三厘米許、整個茶芽爲白毫覆被、銀裝素裹、光彩奪目、令人賞心悅目。沖泡後、香氣清鮮、滋味醇和、杯中的景觀妙趣橫生。茶在杯中沖泡、即出現白雲疑光閃、滿盞浮花乳、芽芽挺立、蔚爲奇觀。其湯味醇厚、香氣清芬、是不可多得的茶

之極品。

湖南黑茶

湖南黑茶在歷史上有着重要的地位。它的前身是十六世紀以前四川由蒸青綠毛茶作色蒸壓而成的「烏茶」，而今天所說的黑茶大多產於湖南安化，改烏茶的「蒸青」爲「炒青」加工而成。湖南黑茶因其保健功效而著稱，具有降血壓、降血糖、降血脂、調理腸胃等多種功效。

「黑茶」二字最早見於「明史含貨誌」中。其記載「商茶低僞，產地有限，悉徵黑茶。」可見此時的黑茶已經聞名全國，并由「私茶」逐步演變爲「官茶」。明末清初時期，湖南黑茶愈加聞名，湖南安化成爲「茶馬交易」的主要茶葉生產供應地，并運往山西、陝西及河北等地內銷，最高年份黑茶交易量達四千餘噸。

湖南黑茶的產量規模大，且品質有保證，所以多年來一直暢銷不衰。近年來，湖南黑茶的品類愈發豐富，從早期的簍包散裝茶到後期的全手工捆壓而成的千兩茶，再到黑磚茶、花磚茶、茯磚茶、天尖茶、貢尖茶、生尖茶，可謂是琳琅滿目，層出不窮。

泡茶

茶的沖泡是飲茶活動的一個重要環節唐以前主要的飲茶方法是以煮茶爲主就是把茶放釜中煮箆出茶湯飲用到了宋代又出現了點茶法常爲鬥茶所用直到清代以後泡茶在民間廣爲流傳直到現在泡茶法已成爲了人們飲茶的主要方法

由於茶類品種繁多綠茶紅茶等各類茶的沖泡方法也不盡相同各地域的沖泡方法區別也很大但都以發茶味顯其色不失其香爲要旨而濃淡則隨各地所好

類茶泡法

對於各大類茶因爲品質不同爲體現發茶味顯其色而不失其香的要旨其泡法也各不相同例如綠茶不經過發酵保持了鮮嫩的特色因而要注意泡老悶熟花茶融花香茶味於一身泡

玉川先生品茶圖

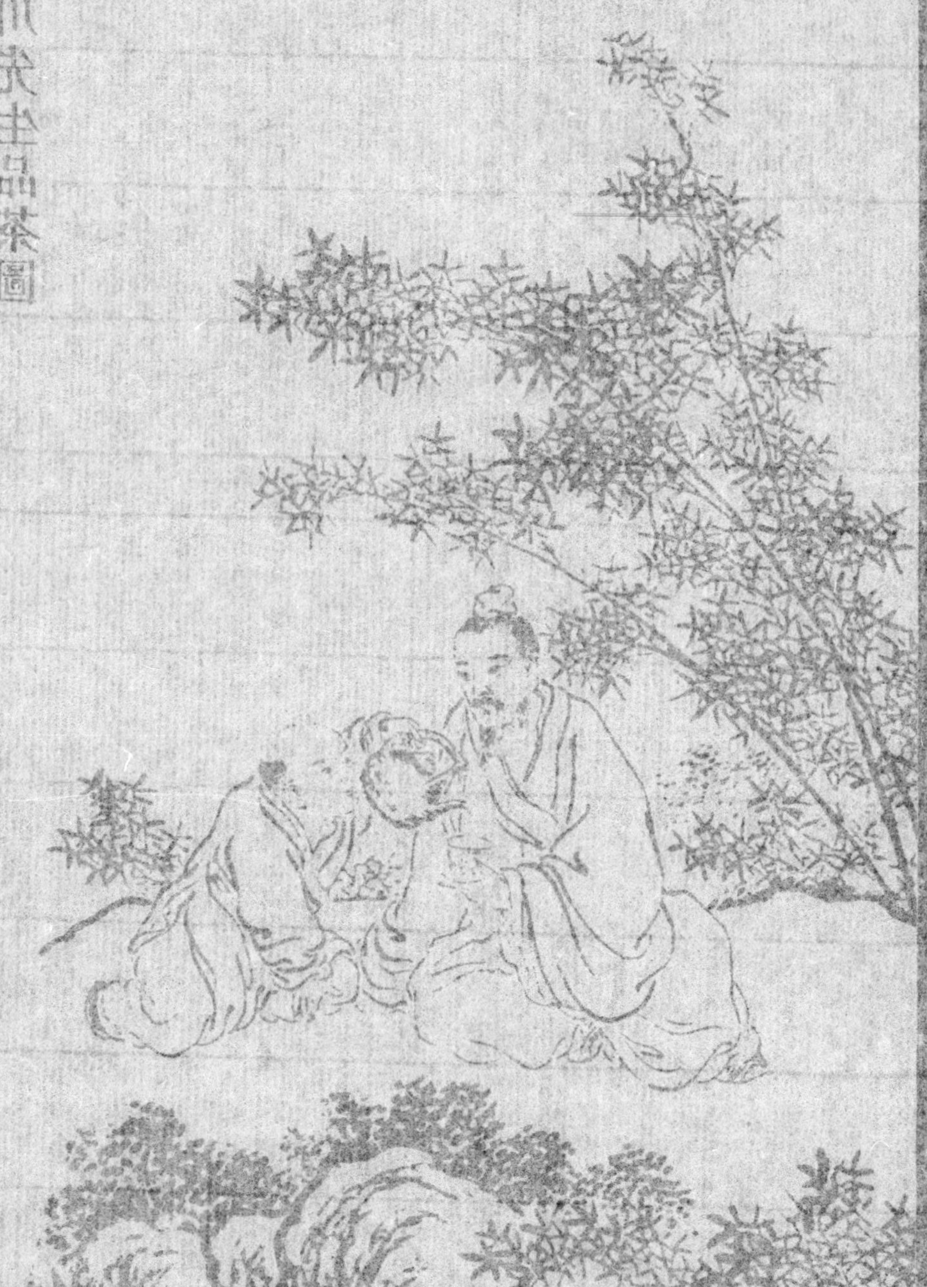

時既要聞香又要品味而紅茶既可以清飲又可以調飲這裏將對綠茶烏龍茶紅茶花茶白茶黃茶等幾類茶的泡法進行簡要說明

綠茶泡法

綠茶的沖泡第一步便是燙杯燙杯有利於茶葉色香味的發揮同時根據綠茶條索的緊結程度其泡法可以大致分爲兩種

對於沖泡碧螺春平水珠茶都勻毛尖廬山雲霧等條索較爲緊實的綠茶時在燙杯之後採用上投法先將合適溫度的水沖入杯中隨後取茶投入不加蓋此時可以清晰地看到茶葉徐徐下沈乾茶在吸收水分之後葉片逐漸展開現出芽葉的生葉本色湯面水汽夾着茶香縷縷上昇如雲蒸霞蔚以碧螺春爲例芽

葉逐漸展開在茶湯中猶如片片飛舞的雪花葉底成朵鮮嫩如生碧螺春的葉落之美有「春染海底」的美譽稍候片刻待茶湯涼至適口時即可開始品茶這時所飲的茶湯爲第一泡一般來說茶葉的品賞以五分鐘爲標準茶湯飲用和聞香的最佳溫度大約在四十五攝氏度到五十五攝氏度之間溫度高則燙嘴燙鼻溫度低則香氣較沈茶味較澀時間的把握則需要完全依靠個人經驗在第一泡的茶湯還有三分之一剩餘時開始續水稱爲二泡如果是茶葉肥壯的綠茶二泡時茶湯正濃飲後齒頰生香舌本迴甘餘味無窮通常茶葉飲至三泡時茶味已淡

對於六安瓜片黃山毛峰太平猴魁舒城蘭花這些條索鬆展的綠茶如果仍然採用上述方法那麼茶葉便會因茶骨輕薄而不易浸泡下沈應採用另外一種方法即下投法沖泡茶葉燙

杯待杯子乾後取適量綠茶置入杯中此時杯溫已經能夠使人隱隱聞到綠茶的清香隨後開始向茶杯中沖水沖水量達到茶杯容量的三分之一時開始注意注水方法的變化如果沖泡綠茶所選用的是玻璃杯此時可沿杯壁緩緩注水然後微微搖晃茶杯目的是使茶葉能夠得到充分浸潤此時茶香高鬱是聞香的最好時机稍候兩分鐘待乾茶吸水伸展之後再利用前面所講到的沖水方法將茶杯沖滿此時可以觀察到已經伸展開的茶葉或徘徊飄舞或游移沈浮別具茶趣至於其他步驟則與沖泡緊結的綠茶方法相同

烏龍茶泡法

烏龍茶是我國六大茶類之一被譽爲我國茶業百花園中的一朵奇葩香飄四海飲譽五洲烏龍茶是經過萎凋做青半炒青揉捻乾燥等工序後制出的品質優異的茶類特色鮮明使用道具簡單泡法自由非常適合大衆飲用

沖泡烏龍茶之前先要進行燙壺將沸水沖入壺中至溢滿爲止將壺內的水倒出至茶船中再將一茶漏斗放在壺口處然後用茶匙撥茶入壺將燒開的水注入壺中直至泡沫溢出壺口

烏龍茶倒茶步驟非常講究先提壺沿茶船邊逆行轉圈用意在於刮去壺底的水滴俗稱「關公巡城」是因爲一般壺都是紅色剛從茶池中提出時熱氣騰騰有如關公威風凜凜帶兵巡城之狀注意磨壺時的方向右手執壺的歡迎喝茶時要逆時針方向磨送客時則往順時針方向磨如是左手提壺則反之然後將壺中的茶倒入公道杯使茶湯均勻還有另一種均勻茶的方法

即在用茶壺輪流給幾杯同時倒茶當將要倒完時把剩下的茶湯分別點入各杯中俗稱「韓信點兵」注意倒茶時不可一次倒滿至七分滿處爲好

紅茶泡法

作爲深受品茶人喜愛的茶品之一紅茶因其種類及地域的不同沖泡和飲用方法也不盡相同然而總結起來紅茶的沖泡方法主要分爲淸飲法和調飲法兩大類

所謂淸飲法指的就是單純地飲用茶葉所沖泡的茶湯目前我國市場上的紅茶造型主要有四種形狀即條型曲卷型顆粒型和塊型其中條型和顆粒型是紅茶中最具代表性的形狀這裏以條型紅茶和顆粒型紅茶爲例簡單介紹一些紅茶的沖泡方法

條型紅茶作爲我國的傳統紅茶其包括肥壯多毫的滇紅功夫紅茶體形中等的小種紅茶以及緊細纖秀的祁門紅茶對此類紅茶進行沖泡時首選的壺具應爲紫砂壺或瓷壺茶葉的投放方式採用下投法每壺茶的用量以壺的大小和所配的杯數而定沖泡條型紅茶應選九十五攝氏度到一百攝氏度的開水高沖於壺中加蓋約三分鐘後用「關公巡城」的方法依次倒入杯中即可品飲這就是條型紅茶的淸飲方法

作爲我國的一種顆粒型紅茶紅碎茶具有體積小巧內含成分浸出快便於沖泡等優點它是調飲紅茶的主要品種

沖泡調飲紅茶的茶具可選擇中型玻璃杯或玻璃壺也可選用沖泡咖啡的壺具先將適量的紅碎茶置入有濾膽的玻璃壺中用巡迴手法沖入開水開水水溫應从九十五攝氏度左右爲

好，等待兩至三分鐘後取出濾膽，將茶水分別加入中型玻璃杯或咖啡杯中，然後根據個人喜好，適量加入糖、牛奶、蜂蜜、檸檬片或白蘭地等，從而調制出各種別具風味的紅茶飲品。紅茶的這種調飲法廣爲年輕人所喜愛。

近年來臺灣廣泛流行一種泡沫紅茶，就是紅茶在沖泡後，將其茶湯倒入調酒器中，配以蜂蜜等配料，然後上下左右搖動數十下，再倒入透明玻璃杯中品飲。由於紅茶的茶湯中含有皂素，因而制成的紅茶飲品中能夠形成泡沫，在透明杯中層次分明，不僅外形美觀，品飲起來更別有情趣。這種臺式的泡沫紅茶傳入大陸獲得一致好評。

花茶泡法

花茶是一種將茶味與花香融爲一體的茶類。花茶沖泡器具的選用，對於一些高檔的花茶而言，通常以透明的玻璃杯進行沖泡爲好，以便在品茶的同時觀賞「茶舞」的炫美。而對於一些中低檔次的花茶，則選用潔淨的白瓷杯或白瓷茶壺沖泡最爲適宜。

雖然品飲花茶的重點在於品其香氣，但以毛峰花茶爲例，這種高檔花茶的形狀也極具觀賞價值，因而選用透明的玻璃杯進行沖泡。茶葉與水的用量之比是一比五十。沖泡花茶的水溫不宜過高，以八十攝氏度左右的水沖泡爲佳。稍候三至五分鐘即可。花茶的沖泡次數以兩次或三次爲宜。如沖泡的是特級茉莉毛峰花茶，可透過玻璃杯欣賞茶胚精美別致的造型，可以清晰地看見花茶芽葉在杯中徐徐展開，朵朵直立，上下沈浮，栩栩如生的別致景象，別有一番風趣。泡好後

的花茶不要急於品飲應先揭蓋聞香緩緩上昇的水汽同縷縷濃純的清香一起撲鼻而來再嘗其味花香茶湯令人精神抖擻。

對於一些主要用於聞香嘗味的中低檔花茶則可以選用潔淨的白瓷杯或白瓷茶壺沖泡白瓷有助於呈現茶湯清麗的本色。沖泡這類花茶水溫宜爲一百攝氏度的沸水沖泡五分鐘後即可斟飲。

不同地區的人們品飲花茶的方式也有所不同北方居家品飲花茶通常採用的是茶壺共泡分飲法具有方便衛生的特點一家老小歡聚一堂泡上一壺上好的花茶一邊品飲一邊閑話家常給原本就其樂融融的家庭更增添了幾分溫馨的氣氛而四川人對於花茶的品飲則頗具地方特色他們常用茶碗茶托茶蓋也就是所說的一套三件頭茶具來沖泡花茶一邊飲品一邊大擺「龍門陣」悠然自得賽過神僊

白茶泡法

白茶因茶樹品種和原料採摘的標準不同可以分爲芽茶和葉茶兩種茶品其中典型的芽茶即爲出產於福建太姥山麓的白毫銀針而葉茶包括新白茶白牡丹貢眉壽眉等種類由於不同的茶叶中主要成分的不同所以其藥理功能也不盡相同。因而針對不同的茶類其沖泡方法也應該有所不同。

白茶性寒涼儘管白茶一般情況下是不會刺激胃壁但是仍然要注意飲法胃熱者可以在空腹時適量飲用胃中性者隨時飲用皆可而胃寒者則一定要在飯後才能飲用。飲用白茶一般不宜過濃通常情況下茶葉量和用水量之間的比例約

爲五比一百五十，也就是說，五克的茶葉可以用一百五十毫升的水進行沖泡，白茶的沖泡對於水溫也有一定的要求，水溫應達到九十五攝氏度以上，蓋上蓋子等待約五分鐘，這就是白茶的第一泡，經過濾後將茶湯倒入茶盅裏即可品飲。要做到隨飲隨泡，第二泡大約只需三分鐘即可。一般情況下，一杯白茶可以沖泡四至五次。

白茶以白毫密披的茶芽爲採摘標準，不炒不揉，只進行萎凋和烘焙兩道工序，因而茶芽能夠在保持完整性的同時自然緩慢地發生變化，由於白茶的特殊制法形成了白茶獨特的品質風格。白茶的沖泡也是一個極具觀賞性的過程，這裏以白毫銀針的沖泡爲例進行介紹，爲了便於觀賞白毫銀針在沖泡過程中茶葉的變化，茶具通常選用直筒形透明玻璃杯，以便在各個不同的角度都能夠欣賞到杯中茶的形色變化。白毫銀針的外形如銀針落盤，似松針鋪地。將兩克茶置於玻璃杯中，沖入七十攝氏度的水少許，浸潤十秒左右，隨即用高沖法同一方向沖入開水，靜置三分鐘後即可飲用。因白茶未經揉捻，所以茶汁浸出物很少，湯色和滋味均較清淡。

一般來講，白茶的飲用量每人每天五克左右，老年人更不應飲用過多白茶，其他茶亦如此，少飲保健，多飲反而適得其反。

黃茶泡法

對於君山銀針、北港毛尖、霍山黃芽等高檔黃茶而言，爲了更加清晰地觀察到茶葉在沖泡過程中多姿多彩的變化，透明的玻璃杯亦是首選。

在黃茶進行沖泡之前，應先對乾茶的外形進行欣賞。從茶葉

罐中取茶葉攤於茶盤中，觀察黃茶乾茶的外形顏色，同時送至鼻端嗅其香氣。在進行備具、潔具、溫杯等程序之後，開始置茶。所謂置茶也就是用茶匙將適量的茶葉依次撥入玻璃杯中，也稱爲投茶。根據黃茶茶葉的細嫩程度，可以選擇三種不同的投放方法，即上投法、中投法和下投法。這裏主要對下投法的泡茶方法進行簡單的介紹。

將少量茶葉置入茶杯中，採用迴旋注水法，緩緩地將八十攝氏度左右的水沿茶杯四週旋轉沖入，注水量爲茶杯容積的四分之一到三分之一爲宜。片刻後，被水浸濕的茶葉開始舒展，芽葉且可以聞到茶葉在舒展過程中所散發出來的香氣。此時，將水壺提起，使水由高處向下沖入，并利用腕力將水壺自上往下反覆提舉三次，這一動作稱之爲「鳳凰三點頭」。這樣做不僅是爲了讓

杯中的茶葉在水的沖擊下上下翻滾，從而快速有效地浸出茶叶中的成分，同時也表達出主人對賓客的敬意。此外，「鳳凰三點頭」正如行鞠躬禮一樣，象徵着謙遜、真誠。「鳳凰三點頭」的動作同樣適用於中投法。茶葉在經過沖泡後，葉面逐漸舒展，或一芽一葉，或一芽二葉，或衹是芽頭，茶湯呈現淡綠微黃的色澤，清澈透明。仔細觀察，可以看見杯中滿是細細的茸毫，這些茸毛忽上忽下，輕輕浮動，清幽的茶香伴隨著裊裊輕氣縷縷飛出，未曾品嘗，聞過之後已使人心曠神怡。賞茶湯、觀茶色、聞茶香、賞茶形，在品飲茶湯之前，已然深深陶醉在黃茶沖泡所呈現的別樣精緻之中。待茶溫適口之時，開始品啜茶湯滋味。品茶時值得注意的一點是，以小口緩啜爲宜，讓茶湯在口中充分與舌頭的各個角落接觸，從而能夠更深地體味出黃茶的淡雅醇香。這是黃茶的第一泡，第一泡主要用於品

茶味的鮮爽清香。當第一泡茶湯剩餘三分之一左右時，要及時注水開始品嘗二泡茶。第二泡是茶香最濃的一泡，茶中的有效成分在第二泡茶時已經充分浸出，因而湯味最佳，此時要充分體味茶湯的甘醇潤喉、齒頰留香、迴味無窮的特徵。通常情況下，茶葉在第三泡時，茶味已淡，香氣亦減。

泡茶茶藝

泡茶法是當今的主要烹茶之法，除了不同茶類其沖泡手法各不相同以外，使用不同的器具，它們的流程要點也有很大的區別。從使用器具上來說，泡茶法一般是包括杯泡法和壺泡法兩大類。清代時，壺泡法中分出了功夫泡法，杯泡法按器具又分稱蓋杯泡法和玻璃杯泡法兩類。并近代人們借功夫泡法的工具和方法去泡其他茶類，發展出了功夫法茶藝。

壺泡茶藝

要泡好一壺茶，不僅要具有實用性和科學性，同時又要具有一定的藝術性。泡茶茶藝中，器皿的選擇和使用是至關重要的一步。古代用來泡茶的器皿很多，陸羽在其著作「茶經」中列舉了用來煮茶和飲茶的器皿共二十九種，包括取水用具、煮水用具以及飲用茶具等，而現今的器皿主要指的是茶壺、茶杯、茶碗、茶盤、茶盅、茶托等飲茶用具。壺泡茶藝在我國的不同地區所選用的壺器也是有所不同的。我國東北、華北地區的大多數人都喜喝花茶，通常用容積較大的瓷壺進行泡茶，然後將沖泡好的茶湯斟入瓷杯中飲用；而江南一帶人們普遍對綠茶十分偏愛，因此泡茶多採用有蓋瓷壺；福建、廣東、臺灣以及東南亞一帶的人們特別喜愛飲用烏龍茶，因而

用紫砂壺具泡茶較爲適宜

茶壺泡茶一直作爲我國的傳統文化具有悠久的歷史無論是選擇用大瓷壺有蓋瓷壺或是紫砂壺器泡茶都各得其境各有千秋茶壺泡茶所需要的主要器具有茶盤茶壺茶杯杯托茶匙茶荷茶樣罐水盂開水壺蓋置茶巾泡茶巾值得注意的是泡茶的茶壺宜小不宜大因爲「小則香氣氤氳大則易於散漫」所以才有「獨自斟酌愈小愈佳」的說法這裏以茶壺沖泡綠茶爲例就茶壺沖泡茶葉的方法與技巧簡單介紹一下

首先備具泡茶臺上居中擺放茶盤備水儘可能選用清潔的天然水賓主入座後泡茶者揭去泡茶巾摺疊放於泡茶臺桌面右側將所選用的茶壺在沖泡茶葉之前進行溫壺溫壺的過程中需要講究一系列的手法和技巧雙手同時協調完成不同

的動作是溫壺的關鍵其次採用茶先水後的下投法進行茶葉的投放茶水比一克比例爲五十毫升茶壺泡茶的過程中最重要的便是茶葉的沖泡過程了因此這一步驟需要詳細講解一下雙手取茶巾放在左手手指部位此時左手手心是向上的右手提開水壺左手用茶巾托茶壺底右手用逆時針的迴旋手法向茶壺內注入開水約爲總用水量的四分之一水壺復位時放下茶巾同時蓋好茶壺蓋右手握茶壺把左手托茶壺底逆時針轉動茶壺進行浸潤泡約二十到六十秒後茶壺復位左手揭蓋右手提開水壺用迴轉手法向茶壺內高沖注入開水小半壺時停止蓋上壺蓋靜置片刻同時進行溫杯約二十秒後提壺向倒掉熱水的茶杯中先斟出一杯隨後仍將倒出的一杯茶倒迴茶壺中以均勻茶湯再等待十五秒依前法倒出一杯仍倒迴茶壺

內以決定何時釃茶依舊倒迴茶壺中等待釃茶時進行溫杯的操作隨後就是奉茶等步驟這裏就不詳細闡述了

蓋杯茶藝

蓋杯沖泡茶葉主要適合於一個人獨自享用或者會議過程中飲用這是一種較爲節省時間的喝茶方法蓋杯是一種個人單次短時間使用的簡便品茗茶具蓋杯的蓋子可用來撥動茶葉使茶湯均勻後判斷濃度是否恰當也可在倒茶湯時作爲過濾茶葉之用它同時也可以當作沖泡器使用在試茶時也同樣適用如果蓋杯的容量爲一百五十毫升若想單次飲用放置三克茶葉即可沖泡五分鐘後飲用如果喜歡飲用較高濃度的茶湯可根據不同茶葉的種類性質及飲用者的體質和習慣從而酌量增置茶量如果會議時間較長或想要多次飲用該杯茶葉時可放置五克茶葉沖泡兩分鐘即可飲用杯蓋的好處是不僅可以當作過濾器使用還可以通過杯蓋聞到茶湯的香氣因爲蓋杯大都是瓷器材質所以沖泡茶葉時所產生的香氣很容易釋放出來并且能夠完整的保持茶湯原有的滋味和香氣因而沖泡香片高香氣的茶類例如龍井碧螺春等綠茶時蓋杯是個很好的選擇

玻璃杯茶藝

玻璃杯沖泡茶葉主要適用於品飲細嫩的名貴綠茶玻璃杯沖泡的好處在於不僅可以品嘗到綠茶的鮮香茶湯同時還可以欣賞茶葉在整個沖泡過程中的浮沈變化及裊裊多姿的「茶舞」

用玻璃杯沖泡茶葉之前先進行賞茶欣賞乾茶的色香形取適

於沖泡一杯之量的茶葉放置在乾淨無異味的潔白紙上，欣賞茶葉的色香形諸態。各種名茶因品種不同而外形迥異，或扁或條或針或螺。欣賞名茶的制作工藝，觀察名茶或碧綠或深綠或黃綠的茶葉色澤，再細聞茶葉中的香氣，或板栗香或奶油香或鍋炒香或是一種其他的不可名狀的清鮮茶香，通過賞茶，能夠更加充分地領略到不同名茶的天然風韻。

玻璃杯泡茶可以根據茶條鬆緊的不同，而採取兩種不同的沖泡方法。沖泡龍井、碧螺春、都勻毛尖、廬山雲霧、蒙頂甘露、凌雲白毫、高橋銀峰、湧溪火青、蒼山雪綠等外形緊結重實的名茶時，可採用上投法。上投法是指將茶杯洗淨後，將開水倒入杯中，然後將茶葉投入玻璃杯中，一般不須加蓋，不久就會看見茶葉徐徐下沈，有的徘徊緩下，有的直線下沈，有的上

下沈浮後緩緩降至杯底，放入杯中的乾茶葉在吸收水分之後，開始逐漸展開葉片，透過玻璃杯壁可以清晰地看見茶葉逐漸現出一芽一葉、一芽二葉、單芽單葉的生葉本色，芽如槍似劍，而茶葉如旗幟招展，茶香夾雜在上浮的水汽中裊裊上昇，在雲蒸霞蔚之中嗅到一絲沁人心脾的香氣，着實令人心曠神怡。觀察茶湯顏色，或乳白微綠，或淡綠微黃，或黃綠碧清，陽光斜射在玻璃杯壁上，可以清晰地看到茶湯中細細的茸毫在沈浮飄動，星斑點點，閃閃發光。茶葉細嫩多毫，湯中散毫多，此乃嫩茶最顯著的特色之一，這個過程稱爲濕看。所謂品茶，并不是大口大口的喝，而是應該小口小口地品啜，徐徐飲入，緩緩吞咽，讓茶湯與舌頭味蕾充分接觸，細細領略名茶的風韻。在茶湯涼至適口時，就可以開始品嘗茶湯的滋味。此

時舌與鼻并用茶湯入口茶香入鼻沁人心脾身心頓覺無比舒暢這時候的茶湯稱爲一開茶一開茶主要用於品嘗茶的鮮味與茶香飲至杯中茶湯尚餘三分之一時再續加開水稱之爲二開茶如若沖泡的茶葉是芽葉肥壯的名茶則二開茶茶湯的濃度正相當品飲後舌本迴甘齒頰留香餘味無窮而到三開茶時就略顯淡薄無味了

另外一種是泡飲六安瓜片黃山毛峰舒城蘭花太平猴魁等茶條鬆展的名茶如果沖泡這些茶葉的時候仍然使用上投法投放茶葉則容易因茶葉鬆散而浮於湯面不易下沈因而可采用中投法所謂的中投法就是在賞茶之後取茶葉置於杯中沖入九十攝氏度的水當所沖入的開水約達到玻璃杯容量的三分之一時停止注水稍候兩分鐘等到乾茶充分吸收水分伸展後再沖水至滿

杯觀察茶葉的沈浮變化「茶舞」之後品飲如前

功夫茶藝

功夫茶發源於宋代如今在廣東潮汕地區及福建的漳州泉州一帶的潮汕功夫茶十分盛行功夫茶藝已經成爲一種融精神禮儀沏泡技藝巡茶藝術評品質量於一體的著名茶道形式

功夫茶泡茶所選的器具十分精緻不僅泡法獨特并且飲用程式也極爲講究功夫茶的沖泡已經不單是人們閑暇時的一種消遣和享受也是人們日常生活人際交往中一種必不可少的形式更是接待賓客的一種重要手段用來沖泡功夫茶的茶具小巧玲瓏十分考究一般一套功夫茶的茶具包括一壺三杯也有一壺兩杯或一壺四杯的沖泡功夫茶以泉水井水爲最

佳泡制功夫茶採用的是鐵觀音鳳凰茶等烏龍茶葉烏龍茶是一種半發酵茶介乎於紅茶和綠茶之間衹有烏龍茶才能沖泡出功夫茶所特有的色香味

功夫茶素以濃度高著稱初喝似嫌其苦習慣後便會嫌其他茶不夠滋味了功夫茶在泡制時首先要將水燒開標準的功夫茶藝包括後火蝦須水捅茶裝茶燙杯熱罐高沖低斟蓋沫淋頂十法其中「高沖」「低斟」「蓋沫」「淋頂」等要領是最爲重要的

這裏以潮汕功夫茶爲例簡單介紹一下功夫茶藝的具體過程潮汕功夫茶一般包括主人在內一共四人泡茶的程序由主人來親自操作首先點火煮水并將茶葉放入沖罐中多少以佔其容積之七分爲宜水開後沖入裝有茶葉的沖罐中之後蓋沫以初沏之茶澆沖杯子第一沖杯的目的在於造成一種茶道精神徹裏徹外地營造一種茶韻的氣氛洗過茶後再沖入蝦須水即剛開而未開之水茶葉在此時已經完全泡開了性味俱發可以斟茶飲用主人在斟茶時應該將四個茶杯并圍在一起以沖罐穿梭巡迴於四隻茶杯之間直至每杯均達七分滿時停止潮汕人稱此過程爲「關公巡城」此時罐中茶湯也應該所剩不多剩下的一點茶湯還應該一點一點地依次點入四杯之中這就是潮汕人所說的「韓信點兵」四個茶杯中的茶量色澤都應該是均勻相同的這才是上等功夫最後主人將斟好的茶雙手依長幼次第奉茶於賓客前先敬首席左右佳賓次之自己最末

圖書在版編目（CIP）數據

茶經 /（唐）陸羽等著. -- 北京 ：北京聯合出版公司，2013.5
（崇賢尚禮）
ISBN 978-7-5502-1499-6

Ⅰ. ①茶… Ⅱ. ①陸… Ⅲ. ①茶葉－文化－中國－古代 Ⅳ. ①TS971

中國版本圖書館CIP數據核字（2013）第093233號

ISBN 978-7-5502-1499-6

9 787550 214996 >

書名	茶經
著作者	（唐）陸羽等 著
責任編輯	王 巍
出版發行	北京聯合出版公司
地址	北京市西城區德外大街八十三號樓九層 郵編：100088
策劃經銷	北京崇賢館世紀文化傳媒有限公司 北京市西城區北三環中路甲六號 出版創意大廈七層，郵編：100120
印刷	吴橋金鼎古籍印刷廠
開本	宣紙八開
版次	二〇一三年五月第一版 二〇一三年五月第一次印刷
標準書號	ISBN 978-7-5502-1499-6
定價	玖佰捌拾圓整（一函二册）

